बाँस के फूल

(तमिल कहानी-संग्रह)

बाँस के फूल

वासन्ती

हिन्दी रूपान्तर : सुमति अय्यर

वाणी प्रकाशन ग्रुप

भारतीय ज्ञानपीठ

वाणी प्रकाशन : भारतीय ज्ञानपीठ की पुस्तकों के एकमात्र प्रकाशक एवं वितरक

राष्ट्रभारती लोकोदय ग्रन्थमाला : ग्रन्थांक 665

सजिल्द पहला संस्करण : 2001
सजिल्द दूसरा संस्करण : 2026

वाणी प्रकाशन : भारतीय ज्ञानपीठ की पुस्तकों के एकमात्र प्रकाशक एवं वितरक

वाणी प्रकाशन

4695, 21-ए, दरियागंज, नयी दिल्ली-110 002
दूरभाष : 011-23273167, 23275710
ईमेल : sales@vaniprakashan.in
www.vaniprakashan.com

ISBN : 978-93-7348-782-3

मूल्य : ₹ 295

बाँस के फूल

(तमिल कहानी-संग्रह)

वासन्ती

Baans Ke Phool
(Tamil-Stories)
by Vaasanthi

आवरण : सत्यसेवक मुखर्जी
मुद्रक : आर. टेक ऑफ़सेट प्रिंटर्स, दिल्ली-110 032

अनुक्रम

1. वापसी 7

2. सीमाएँ 21

3. राख 33

4. नरबलि 40

5. एच्चुमी 46

6. आधार 52

7. चिनगारी 60

8. अन्तिम यात्रा 67

9. बाँस के फूल 74

वापसी

मनीप्लाण्ट की फैली बेल ने जैसे उस खिड़की पर परदा डाल दिया है। हल्के हरे रंग की नन्ही पत्तियाँ उग रही थीं और पुराने पत्ते अब बदरंग होने लगे थे। धूल झाड़ती हुई मालती कुछ क्षणों के लिए रुकी और रात-भर में उग आयी कोंपलों को खिड़की के रेलिंग के इर्द-गिर्द लपेट दिया। इस घर में जब वे लोग आये ही थे, महरी ने एक छोटा-सा टुकड़ा लाकर लगा दिया था। केवल चार पत्तों का वह टुकड़ा, जड़ पकड़कर इतनी जल्दी पत्तियाँ फैलाने लगा है। अब तो इस खिड़की के लिए परदे की भी ज़रूरत नहीं रह गयी है। तेज़ धूप में आरामदेह और आँखों को सुहानेवाला परदा। घर पर जो भी आता इसे देखकर चकित हो जाता।

"हाय, कितनी घनी बेल है यह!"

"यानी पैसे की कोई कमी नहीं, क्यों?"

वह हँसती, "क्यों, आपको ये पत्तियाँ नोट नज़र आती हैं?" वह पूछती।

"नोट हों या नहीं, कहते हैं जब यह बेल घनी होने लगे तो समझो घर में सम्पन्नता आ गयी।"

"सम्पन्नता का मतलब धन ही होता है क्या?"

"हाँ।"

वह हँसी-हँसी में बात छोड़कर पूरी दृढ़ता के साथ सिर हिलाती, "न, मुझे तो क़तई नहीं लगता कि धनी लोगों के घर में सम्पन्नता होती है।"

"धन का होना ही तो सम्पन्नता है।"

"नहीं।" फिर वह जैसे अपने आप में कहती : "मेरी माँ का घर धनी नहीं, पर मुझे लगता है वहाँ पूरी तरह सम्पन्नता है। पर मेरी ससुराल! वहाँ अपार धन है फिर भी जाने क्यों मुझे लगता है वहाँ सम्पन्नता है ही नहीं।"

"तुम एकदम ऊटपटाँग सोचती हो। तुम्हारी दृष्टि एकदम अलग जो है।"

जब भी वह इस बेल को देखती उसे यह वार्तालाप याद आ जाता और उसके होठों पर हँसी थिरकने लगती।

"दृष्टि तो आप लोगों की विचित्र है।" वह खुद से कहती।

"हर चीज़ को रुपयों में तौलनेवाली दृष्टि। मात्र सोने और हीरे को ही तौलने

वाली दृष्टि। जो हीरे का कर्णफूल नहीं पहनता, उसकी सास सीधे मुँह उससे बात नहीं करती। आप जो मनुष्य को मनुष्य की तरह नहीं देखते, आप लोग ही विचित्र हैं।" वह मन ही मन बुदबुदाती।

"मैं अपने बच्चों को आपकी दृष्टि नहीं दूँगी। मैं क़तई नहीं चाहती कि किसी चीज़ को देखकर उनको रुपये की याद आए। तौलकर सौदेबाज़ी करनेवाली बुद्धि, हरी बेल को देखकर उसे भी रुपये से जोड़नेवाली दृष्टि मैं नहीं चाहती।"

उसे अपना गाँव, घर, पूरी चहारदीवारी को अपनी घनी छाँह से ढकनेवाला पीपल, झूला सहसा याद आ गये। पीपल पर रहनेवाले उन रंग-बिरंगे अनाम पक्षियों की याद आ गयी। बग़ीचे के कोने में एक नल लगा था। बाबूजी काम पर जाने के पहले उसमें ट्यूब लगा देते और क्यारियों में छोड़ जाते, पानी से कई धाराएँ निकलतीं और पानी पीने के लिए पीपल से ढेरों पक्षी उतर आते। कितने पक्षी, वह कइयों के नाम तक नहीं जानती। गहरे लाल, हल्के पीले और मोरपंखी! उनके कलरव से बाग़ गूँजता और वे पानी में अठखेलियाँ करते रहते। सारा का सारा दिन उन्हें देखते गुज़ार देने की इच्छा होती।

बाबूजी तरह-तरह के फूलवाले पौधे लगाते। तितलियाँ उनकी खोज में आतीं। उनका पीछा करते हुए भागना सुखद लगता था। उसे लगता इस तरह के माहौल को जिसने भी नहीं भोगा वे ही इस मनीप्लाण्ट के दीवाने होते हैं। और ऊपर से इस बेल और रुपये के बीच गाँठ लगाकर खुश हो लेते हैं। रुचि में भी कैसी सौदेबाज़ी है यह?

उस गमले में एक लोटा पानी देकर वह अपने रोज़मर्रा के कामों में लग गयी। सास जी खाना खाकर सुस्ता रही थीं। उसे सूर्या को बस स्टाप से लाना है। उसने चौक का किवाड़ भिड़ा दिया। शीशे के सामने बिन्दी ठीक की और चप्पल पहनकर निकल गयी। बाहर का किवाड़ धीमे से बन्द किया और सीढ़ियाँ उतरने लगी।

अभी गली के नुक्कड़ पर भी नहीं पहुँची थी कि सूर्या की बस आ गयी। वह तेज़ क़दमों से चलने लगी। सूर्या आराम से उतर गया और उसे देखकर धीमे से हँस दिया। उसका सुन्दर चेहरा सूख गया था। उसे जैसे सहसा कुछ याद आ गया, "माँ, आज तूने टिफ़िन के लिए तीन पराँठे क्यों रख दिये? मैंने तो दो के लिए कहा था।"

"मैंने समझा दो काफ़ी नहीं हैं।"

"मुझसे तो तीसरा खाया ही नहीं गया, माँ।"

"चलो कोई बात नहीं।"

"तुम्हीं तो कहती हो कि कभी कोई चीज़ बेकार नहीं करनी चाहिए।"

उसने हँसते हुए उसकी कमर पकड़कर अपने से सटा लिया।

"ठीक है, तो ये बेकार नहीं जाएँगे। महरी को दे दूँगी, बस!"

उसे जैसे तसल्ली मिल गयी और चुपचाप चलने लगा।

"माँ, हमारे स्कूल में एक पेड़ है। उसमें आज अचानक फूल खिल आये हैं। जानती हो माँ, कितने सुन्दर हैं वो?"

"कौन-सा फूल है?"

"नाम तो नहीं पता माँ। सफ़ेद और लाल! सच माँ इतने सुन्दर हैं, तुम्हें बता नहीं सकता।"

उसने मुस्कराते हुए उसे देखा।

"तो मेरे लिए एक फूल तोड़कर ला दोगे?"

"यही तो बड़ी मुश्किल है माँ।" उसका चेहरा गम्भीर हो गया। "पेड़ पर जो खिले हैं। मेरे हाथ थोड़े न पहुँचेंगे वहाँ तक?"

"तो ठीक है। रहने दे।"

"माँ, भगवान् इतनी सुन्दर चीज़ों को ऊँचाई पर ही रखते हैं न!" उसने उसे आश्चर्य से देखा।

"नहीं तो।"

"हाँ," उसने दृढ़ता से कहा।

"चन्दा को देखो। तारे, आकाश सबको देखो न माँ। क्या हम इन्हें छू सकते हैं? नन्ही-सी गौरैया हो या तितली, छूने से पहले कैसे फुर्र-सी उड़ जाती हैं?"

हल्की खुशी भी हुई। वह भी उसी की तरह प्रकृति को परख सकता है, उसे प्यार कर सकता है। उसकी यह दिलचस्पी कुछ दिन और बनी रहेगी। जब तक बाप, दादी और बुआ की जोड़-बाकी वाली व्यावहारिकता इसे छू नहीं जाती। फिर इसकी प्रकृति भी वैसी ही होने लगेगी। इसकी दृष्टि तक पेड़, फूलों और आकाश को नहीं पहचान सकेगी।

मन व्याकुल हो गया। क्या कोई ऐसा रास्ता नहीं निकल सकता कि उसका मन इन छोटी बातों से ऊपर ही उठा रहे। माँ और बाबूजी की याद आ गयी। साथ ही उनकी याद से जुड़ा वह पीपल का पेड़, फूल और पक्षी याद आ गये। माँ की इच्छा थी कि बेटी के लिए तरह-तरह के गहने बनवाये जाएँ और उन्हें पहनाकर देख ले। बाबूजी वर्धा में रह चुके थे। अक्सर कहते, "अरी, भगवान् ने जो सुन्दरता दी है वह काफ़ी नहीं है क्या? उसे किसी गहने-वहने की ज़रूरत नहीं। समझी!"

"तो क्या उम्र भर वह तुम्हारे पास रहेगी? सयानी हो गयी है। एकाध गहने भी नहीं बने तो करोगे क्या?" माँ तर्क करतीं।

"कोई तो आएगा जो सिर्फ़ उसके लिए उसे ब्याह कर ले जाएगा। तभी विवाह करूँगा उसका। देख लेना। मीनू, इस तरह की लड़की तो ढूँढ़े नहीं मिलेगी। इतनी पढ़ी-लिखी, सुशील और इतना साफ़ दिल कि प्रेम के अलावा कुछ देना भी

नहीं जानती। पता है कितनी सादगी है उसमें!"

घर आ गया। सूर्या गेट खोलकर भीतर भाग गया। "बाबूजी, आपको तो पता भी नहीं कि यहाँ सादगी का मतलब मूर्खता है। रुपये और गहने का मोह न रखनेवाली लड़की यहाँ मूर्ख समझी जाती है। आपको क्या मालूम इन रूढ़ियों के पार मैं कैसी ज़िन्दगी जी रही हूँ।"

आँखों के आँसू वह भीतर ही पी गयी। अक्सर ऐसा क्यों होता है कि बेवजह आँखें भर आती हैं और भीतर से जैसे कोई बादल घुमड़कर भीतर आना चाहता है। अक्सर उसे आश्चर्य होता है।

अच्छी-भली तो हूँ मैं। इतना आरामदेह घर, बाहर जाने के लिए कार, रुपयों से भरा पर्स और भी कई सुविधाएँ जिनकी कल्पना भी उसने नहीं की होगी। सब कुछ तो है ससुराल में! जब भी वह गहनों से लदी बाहर जाती तो पड़ोस की सरोज कुढ़ती, "कितनी भागवान है यह!" पर उस बेचारी को क्या पता कि मुझे इन गहनों का कोई मोह नहीं। ठीक उसी तरह जैसे खूँटी पर टँगे कोट का खूँटी से कोई सम्बन्ध नहीं होता। ओह, सरोज नहीं समझ सकेगी यह सब! यह निर्लिप्तता तो बाबूजी की दी हुई है।

कितना तुच्छ समझते थे बाबूजी पैसे को! किस तरह बाबूजी ने कमाकर उसका विवाह करवाया होगा! कभी वह समझ नहीं पायी। उनकी खुशक़िस्मती ही थी कि जैसा वे कहा करते थे ठीक उसी तरह उसकी सुन्दरता पर मुग्ध होकर लड़केवालों ने खुद पहल की थी! उनकी माँग थी केवल सुन्दर और सुशील लड़की। ढेरों गहनों से उसे लाद दिया गया। और आज उन्हीं गहनों ने उसकी आँखों में परदा डाल दिया है। अब न तो उन्हें उसकी सुन्दरता नज़र आती है, न ही उसके गुण।

उस दिन सूर्या की डायरी देखी तो पता लगा। अगले हफ़्ते उसकी परीक्षाएँ शुरू होनेवाली हैं। चार दिनों तक चलेंगी। फिर बीस दिनों का शीतकालीन अवकाश। उसके मन में झट एक इच्छा उग आयी। क्यों न इस बार गाँव हो आए। माँ और बाबूजी को देखे भी तो दो साल गुज़र गये। माँ के हर ख़त में बाबूजी की बीमारी का ज़िक्र रहता है। क्यों न देख आए। विचार के साथ ही कल्पना के क़िले जैसे बनते चले गये। कितना खुश होंगे वे दोनों। उसे भी तो बेहद अच्छा लगेगा। उफ़, यह परिवर्तन! बिना किसी ज़िम्मेदारी के माँ के हाथ का खाना खाकर बग़ीचे में रात-दिन चक्कर लगाना। कितने सुहावने दिन होंगे!

फिर वही पीपल का पेड़, वे ही पक्षी, फूल और तितलियाँ...मानो स्वर्ग ही उतर आया हो।

याद ही कितनी मीठी है। सोचते ही जैसे उस पर नशा छाने लगा। आज रात वह ज़रूर पति से बात करेगी। घर की याद जो एक बार आयी फिर वह उसे

रोक नहीं सकी। सूर्या को पढ़ाते, खाना पकाते, ठाकुर के सामनें सँझाबाती जलाते, यादें लगातार पीछा करती रहीं।

"नाना-नानी को देखने चलेगा, सूर्या?"

"हाँ, चलेंगे। कब?"

"परीक्षाओं के बाद जब तुम्हारी छुट्टियाँ पड़ेंगी!"

"हाँ, ज़रूर चलेंगे।"

उसके उत्तर ने जैसे उसे आश्वस्त कर दिया।

रात सारे कामों से निपटकर सूर्या के सो जाने के बाद वह पति की प्रतीक्षा करने लगी। किस तरह मना सकेगी वह रामकृष्णन को? भीतर ही भीतर भूमिका तैयार करने लगी। रामकृष्णन देर तक हिसाब-किताब देखता रहा। उसका धैर्य चुकने लगा। ओह, आज किसी तरह मनाना है। वह मन ही मन भगवान् से मिन्नतें करने लगी।

आख़िरकार एक लम्बी जम्हाई लेता हुआ वह आकर लेट गया। उसने उसके गले में बाँहें डाल दीं। उसने आश्चर्य से उसकी ओर देखा और उसकी ओर करवट लेकर उसे अपने पास खींच लिया।

"क्यों, सोयी नहीं अब तक?" उसका स्वर मुलायम था।

उसे जैसे बल मिल गया। "कुछ सोच रही थी। इसलिए नींद नहीं आयी।"

"वाह, तो तुम भी इतना सोचने लगी हो कि नींद तक हराम होने लगी, क्यों?"

उसकी व्यंग्यभरी हँसी उसे आहत कर गयी। उसे तिलमिलाना नहीं है। तिलमिलाएगी तो उसका काम नहीं बन पाएगा।

"तो क्या सोच रही थीं?" उसने उसे और कसते हुए पूछा।

भय से उसका हृदय तेज़ी से धड़कने लगा। अगर कहीं मना कर दे तो?

"कुछ नहीं! मामूली-सी बात है। सूर्या के इम्तिहान हैं फिर छुट्टियाँ हो जाएँगी। सोच रही थी इस बार घर हो आऊँ।"

उसके हाथ जैसे सख़्त हो गये। वह जानती थी कि उसके लिए यह कोई मामूली बात नहीं थी। यह तो महज एक दीवार है जो वह दोनों के बीच खड़ा कर लेना चाहता है। इस दीवार को लाँघकर उस तक पहुँचना सम्भव हो सकेगा क्या?

उसके लिए तो जोड़-बाकी या लाभ-हानि जैसी बातें ही सोचने लायक हैं। मन या आत्मा की बातें तो निहायत ओछी हैं।

"अब अचानक इस यात्रा की क्या आवश्यकता पड़ गयी?"

उसका मन बैठने लगा। उसे झुँझलाहट-सी हुई कि पिछले दो सालों से वह कोई न कोई बहाना बनाकर यूँ ही टालता आ रहा है। डर लगा कहीं हमेशा की तरह इस बार भी कोई बहाना न बना दें। दोपहर भर जो सपने बुनती रही कहीं वे तार-तार न हो जाएँ।

"माँ-बाबूजी को देखने की इच्छा हो रही है। दो साल हो गये। माँ तो हर ख़त में लिखती हैं कि बाबूजी की हालत अब ठीक नहीं।"

वह कुछ देर चुप रहा।

"हालत इतनी ख़राब तो नहीं कि आपको जाने की ज़रूरत पड़े।"

'कितना क्रूर है वह।' उसके आँसू निकल आये। और वह बेआवाज़ सिसकने लगी। रामकृष्णन ने खीझकर उसका हाथ परे हटा दिया।

"अब, इतनी-सी बात पर रोना-धोना मच गया।"

वह चुपचाप आँसू बहाती रही।

'बात उसके लिए इतनी-सी होगी। पर मेरे लिए तो बड़ी है। यहाँ जो सुख नहीं मिल सकता। वहाँ मिल सकेगा। यह क्या छोटी बात हुई? मेरी जड़ें तो अब भी वहीं हैं। मैं एकदम उखड़कर नहीं अलग हो सकती। आपने मुझे इन्सान समझा ही कब? मैं तो केवल ख़रीदी हुई वस्तु हूँ आपकी सम्पत्ति, जिसकी न कोई इच्छा है न आकांक्षा।'

सोच-सोचकर उसे और रोना आ गया।

"बस पन्द्रह दिन की ही तो बात है। मैं सूर्या को लेकर हो आती हूँ। यहाँ महराजिन है ही। ऊपर की देखरेख अम्मा जी कर लेंगी। मेरे न रहने की कोई तकलीफ़ नहीं होगी। प्लीज़ मैं हो आऊँ?"

अपनी जायज माँग के लिए भी उसे इस तरह गिड़गिड़ाना पड़ रहा है। स्थिति की इस दयनीयता ने उसे और खिझा दिया।

"सूर्या को वहाँ तकलीफ़ होगी।"

उसने इस अपमान को बमुश्किल निगला। "कैसी तकलीफ़?"

"वहाँ पलँग और गद्दे तो हैं नहीं। यहाँ जैसा खाना उसे मिलता है वहाँ, क्या खाक़ मिलेगा।"

"मैं भी तो वहीं पली हूँ। क्या मैं स्वस्थ नहीं।" वह खीझकर पलट गयी। उसे लगा इसके साथ तर्क करने से कोई हल नहीं निकलेगा।

इस तरह के पति के रहते कैसे उसने इतनी ऊँची कल्पनाएँ कर डालीं। उसे अपने ऊपर आश्चर्य हुआ।

रामकृष्णन के हाथ उसकी कमर के इर्द-गिर्द कस गये।

"इधर तो देखो।" वह झट पलट गयी। "ठीक है, हो आओ।"

उसे आश्चर्य हुआ। यह क्या उसी के वाक्य हैं? उसे जैसे विश्वास नहीं हुआ। उसने उसकी छाती में मुँह छिपा लिया। "थैंक यू।"

"सिर्फ़ पन्द्रह दिन, इससे ज़्यादा नहीं।"

"ठीक है।"

उसके सामीप्य में एक विजेता का-सा भाव था। उसके दर्प को महसूस करते

हुए उसके होठों पर हल्की-सी मुस्कान तिर गयी।

जाने कितने अहंकार पाल रखे हैं लोगों ने। धनी और पुरुष होने का अहंकार। यह अहंकार ही तो आत्मा की दृष्टि पर परदा डाल देता है। हे ईश्वर, तुम ही रक्षा करना। दूसरों की भावनाओं की कद्र न करने की इनकी आदत को तुम ही बदल सकते हो।

सुबह आँख खुलते सहसा याद आया। वह घर जा रही है। मन जैसे उड़ान भरने लगा। माँ को आज ही लिख देगी कि वे दोनों आ रहे हैं। माँ तो खुशी से झूम उठेगी। तरह-तरह के पकवान बनाना शुरू कर देगी। उसके हाथ के पकवानों का स्वाद भी तो निराला होता है। उनके प्रेम की तो जैसे कोई बराबरी नहीं हो सकती। उस प्रेम की याद आते ही उसकी आँखें पनियाने लगीं।

उस दिन सुबह से ही उसकी सास उखड़ी-उखड़ी रहीं। वह समझ गयी कि रामकृष्णन ने माँ को बता दिया होगा। बहू को मायके भेजते यह लोग इतना क्यों सोचने लगते हैं। इन्हें आपत्ति भी किस बात की हो सकती है? महरी को छुट्टी देना हुआ तो भी वे कंजूसी बरतती हैं। कुछ वैसी ही उदासीनता उसे घर भेजते भी होती है। यह भी एक तरह की गुलामी है।

"सुना है, माँ के घर जा रही हो?"

क्या जवाब दे वह तय नहीं कर पायी।

"मैंने सोचा नहीं, आपके बेटे से पूछा था।"

"बिस्तर पर इस तरह के सवाल करोगी तो वह न थोड़े करेगा।" उसका चेहरा लाल हो गया। इनमें तो बात करने की तमीज़ भी नहीं है। कैसे कह लेते हैं अपने को बड़ा आदमी? उसे क्रोध आया।

चुपचाप मुँह लटकाकर अपने काम में लगी रही।

"ठीक है, मुझे क्या? वहाँ डेरा मत डाल लेना।"

"बस पन्द्रह दिनों की ही तो बात है। सूर्या के स्कूल भी तो खुल जाएँगे।"

"उससे ज़्यादा वहाँ धरा भी क्या है?" उसने होठ काट लिये।

इस तरह की बातें सुनने की वह आदी हो गयी है। शालीनता और प्यार भरा व्यवहार कैसा होता है। वह खुद भूल गयी है। इस बार घर जाना तो किसी तीर्थयात्रा की तरह होगा। जड़ होते मन की चेतना जैसे जगानी है।

अगले एक सप्ताह में रामकृष्णन और उसकी माँ सामान्य हो गये थे। बार-बार उसे यूँ ही समझाते रहे मानो वह किसी घोर अरण्य में सूर्या को लिये जा रही है।

घर ख़त लिख दिया था। तार भी सुरक्षा के लिए दे दिया था। सामान समेत स्टेशन जाते हुए उसकी और सूर्या की मनःस्थिति लगभग एक ही थी। हर बात पर आश्चर्य। जैसे उम्र के पन्द्रह वर्ष कहीं माइनस हो गये हैं।

बाबूजी स्टेशन आये थे। उनके सफ़ेद बाल और धोती देखकर भीतर का प्रवाह उमड़ आया। कितने दुबले हो गये हैं वे! मन अवसाद से भर आया।

"आओ बिटिया! अरे मुन्नू। ख़ूब लम्बा निकल आया है।"

"हाँ। दो साल हो गये हैं न। आप कैसे हैं बाबूजी?"

"बस ठीक ही हूँ बिटिया। थोड़ा-सा हाई ब्लड प्रेशर है। कभी-कभार तंग करता है, बस।"

"और माँ?"

"भगवान् की दया से वह ठीक-ठाक है।"

बाबूजी टैक्सी ढूँढ़ने लगे।

"टैक्सी नहीं चाहिए। ताँगे में ही चलते हैं।"

"क्यों बिटिया, तुम्हें तकलीफ़ तो नहीं होगी?"

"न, मुझे तो अच्छा लगेगा।"

"और सूर्या?"

"मुझे भी अच्छा लगेगा।"

ताँगे में जाने की कल्पना मात्र से उसका मन उछल गया। ताँगे में हिचकोले लेकर जाते हुए दोनों ओर रास्ते में सिर निकाले खड़े नीम और बकायन के पेड़ और साथ ही कल-कल करता नाला! मन की सारी खिन्नता दूर हो गयी और मन उत्साह से भर आया।

माँ बाहर ही खड़ी थीं। अपनी चिर-परिचित हँसी के साथ।

"आओ मालती! आ जा मुन्नू!"

इससे पहले कि सूर्या उतरता, माँ ने लपककर उसे पकड़ लिया।

मालती ने भीतर आकर दोनों को प्रणाम किया। माँ ने आँखों में आँसू भरकर उसे पास खींच लिया। मन में लाख सन्ताप हो पर वे लोग एक सवाल नहीं करेंगे। यही तो सज्जनता है इनकी!

"तुम्हारे पति और सास तो ठीक हैं न?"

"हाँ, ठीक ही हैं।"

अगर वह कह दे उसे उनकी याद तक नहीं आती तो कितना चौंक जाएँगे ये लोग।

"तुम्हारे लिए चने और मँगोड़ी का साँबर बना रखा है।"

"ओह माँ!"

हाथ-मुँह धोकर कॉफ़ी पीने के बाद सूर्या का हाथ खींचकर बग़ीचे की ओर भाग गयी। उसकी कल्पना में फैला वह पीपल, पक्षी, ढेरों फूल, तितलियाँ हू-ब-हू वैसे ही थे यथार्थ की तरह। उनमें से एक की कमी खलने लगती। सूर्या तितलियों के पीछे भाग रहा था।

"देखा न सूर्या, यह गाँव कितना सुन्दर है!"

"हाँ माँ, बहुत अच्छा लग रहा है।" उसका चेहरा और खिल गया।

"पन्द्रह दिन से अधिक वहाँ रखा ही क्या है?" उस वाक्य को याद कर हँसी आ गयी। पीपल के पक्षी पाइप से निकलती धार में अठखेलियाँ कर रहे थे। फिर जैसे वाक्य याद आ गये। केवल कौओं और गौरैयों की पहचान रखनेवाले यही तो कह सकते हैं।

"मालती चलो, नहा-धोकर खाना खा लो। ठण्डा हो जाएगा।"

"अभी आयी।"

सूर्या को लगभग अपने साथ घसीटती हुई भीतर आयी। समय को जैसे पंख लग गये। सारा दिन दुनिया भर की बातें होतीं। बग़ीचे की सैर की जाती और शाम होते ही वे मन्दिर हो आते। दिन इतने सुहावने कब से होने लगे! एक सप्ताह बाद वापस लौटने की कल्पना से ही कहाँ भीतर कुछ दरक गया। पन्द्रह दिनों का अवकाश उन्हीं लोगों की अनुकम्पा है। यह बात बार-बार कचोटने लगी।

उस दिन सूर्या कुछ सुस्त था। तितलियों के पीछे भागने की शक्ति जैसे चुक गयी थी। बग़ीचे के कोने में दुबककर बैठ गया।

"बैठ क्यों गये?"

"आज तो बैठकर ही देखने का मन हो रहा है। बैठकर देखने में तो ये चीज़ें और भी सुन्दर लगती हैं।"

वह हँसती हुई उसके पास बैठ गयी।

"माँ, मुझे यह गाँव बहुत अच्छा लगता है।"

"और मुझे भी।"

"हम यहाँ रह जाएँ तो।"

"कैसे बेटा, तुम्हें तो अच्छे स्कूल में पढ़ना है। पापा जहाँ हैं वहीं तो रहना होगा न हमें।"

वह जैसे किसी सोच में पड़ गया। देखता ही रहा। फिर धीरे से बोला, "यहीं रहेंगे।"

उसे आश्चर्य हुआ। इस बच्चे की आँखों में पता नहीं क्या-क्या बैठ गया है! इसके फूल से कोमल मन में किसी विचार का बीज तो नहीं पड़ गया! उसकी उदासी और इच्छाओं को समझने तो नहीं लगा।

"माँ, सिर भारी हो रहा है।" झट उसकी चेतना लौट आयी।

"क्यों बेटे?"

उसने माथे पर हाथ रखा। हल्का-सा बुख़ार था।

"भीतर चलो। यहाँ धूप में नहीं बैठेंगे। दवाई देती हूँ। थोड़ी देर सो लो। ठीक हो जाएगा। पेट भी तो ख़ाली है।" उसने रसम चावल खिलाये। सूर्या ने तुरन्त उलट

दिया। उसे चिन्ता हुई। सिरदर्द की गोली देकर सुला दिया। माँ ने छूकर देखा, "हल्का बुख़ार है। मैं काढ़ा बना देती हूँ, बस ठीक हो जाएगा।"

थर्मामीटर लगाया तो 100 डिग्री बुख़ार निकला। काढ़ा पिलाने के बाद वह लाख मनौतियाँ करती रही थी। सुबह तक बुख़ार नहीं उतरता तो अस्पताल ले जाएगी। खाना-पीना भूलकर उसके पास बैठी रही।

माँ ने थोड़ा झिड़क दिया, "बच्चा है, सर्दी-जुकाम तो लगा ही रहेगा। इतने में ही घबरा जाती हो!"

मन वाकई घबरा गया था। एक अनजाना भय जैसे भीतर बैठने लगा।

रात दस बजे के लगभग सूर्या का शरीर ऐंठने लगा। वह घबरा गयी। तुरन्त अस्पताल जाना चाहती थी। बाबूजी जाने कहाँ से झट टैक्सी ले आये। बच्चे की आँखें बन्द थीं। उसका मन रो उठा। "न भगवान्, इतनी सजा मत देना।"

अस्पताल में डॉक्टर ने जाँच की। एक सूई लगा दी। अगले आधे घण्टे में सूर्या नहीं रहा। उसकी सारी चेतना जैसे सुन्न हो गयी। वह बेहोश हो गयी थी।

बैठक में लाश को घेरकर सभी रो रहे थे। पर उसे जैसे विश्वास ही नहीं हो पा रहा था।

"यहीं रह जाएँगे।"

कैसा वाक्य निकला था बच्चे के मुँह से? क्या उसे मालूम था कि उसकी मौत इसी माटी में बदी है। अपनी इच्छानुसार जैसे मौत की जगह भी चुन ली थी। जो भी उसकी इच्छाएँ थीं, मानो इन दस दिनों में पूरी तरह भोग चुका था। उसे विश्वास नहीं हो रहा था। यहीं कहीं होगा। इसी माटी में, इसी बयार में, इन्हीं धीमे-धीमे हिलती पंखुड़ियों के बीच!

"इससे अधिक वहाँ रखा ही क्या है?"

वह चौंक गयी! उसे तो शोक मनाने की भी स्वतन्त्रता नहीं रह गयी। इस मौत के लिए उसे जाने कितनों को जवाब देना होगा।

"वहाँ सूर्या की देखभाल नहीं हो पाएगी। उसे पौष्टिक भोजन नहीं मिल पाएगा।" रामकृष्णन की बातें याद आयीं और उसका दिल बैठने लगा। क्या कहेगी वह! क्या जवाब देगी अगर पूछेंगे कि, "मैंने तो तभी कहा था। तुम्हें बच्चे की चिन्ता कहाँ थी। मायके का दुलार ही ज़्यादा लग रहा था।" क्या कहेगी वह?

पर बच्चा तो यहाँ खुश था। क्या कमी थी। अच्छा खाता रहा। ख़ूब खेलता रहा। मद्रास से ज़्यादा खुश यहाँ था। पर क्या वे लोग विश्वास करेंगे। यह भी कैसा बुख़ार था। 100 डिग्री का बुख़ार क्या आदमी को निगल सकता है? किसे पता था। उसकी आँखों से झर-झर आँसू बह रहे थे। हे भगवान्, ऐसा तूने क्यों किया? मायके जाने की इच्छा इतनी अन्यायपूर्ण तो नहीं थी। पति और सास की अनिच्छा के

बावजूद अपनी इच्छा पूरी करने की ज़िद ग़लत ही होगी। पर इतना बड़ा दण्ड! हे भगवान्, तुम निष्ठुर हो, अन्यायी हो।

बाहर गाड़ी के रुकने की आवाज़। अपनी एम्बेसेडर की आवाज़ से वह ख़ूब परिचित थी। उसकी घबराहट बढ़ गयी। जैसे उसने कोई हत्या कर दी हो। क्या जवाब देगी इन्हें! पैरों की आहट... उसकी छाती पर हथौड़ों-सी पड़ रही थी।

रामकृष्णन के चेहरे पर सदमे और शोक का भाव था। उसकी सास के चेहरे पर क्रोध झलक रहा था। दोनों को देखकर वह अपने को सँभाल नहीं पायी। फूट-फूटकर रोने लगी। रामकृष्णन लाश के पास नहीं गया। सीधा ससुर के सामने जाकर खड़ा हो गया।

"मैं पूछता हूँ, क्या मतलब हुआ इसका? दस दिन पहले मेरा बेटा भला-चंगा था। फिर यह सब कैसे हुआ?"

बाबूजी की आँखें लगातार बह रही थीं।

"कल तो ठीक था, जमाई बाबू। कल शाम भी खेल रहा था।"

"फिर?"

"अरे रामकृष्णन, तेरी बीवी को तो बाग़-बग़ीचों का भूत सवार है। भूत की तरह रात-दिन बग़ीचे में उछल रही होगी। बच्चा साथ ही था। किसी ज़हरीले कीड़े ने काट खाया होगा।"

"ऐसी बात नहीं समधिन जी। शाम हल्का बुख़ार था। डॉक्टर के पास चलने से पहले शरीर ऐंठने लगा। तुरन्त अस्पताल पहुँचकर घण्टे भर में प्राण निकल गये।"

"मैंने तो पहले ही कहा था, बच्चे की देखभाल नहीं हो पाएगी। पर कहाँ मानती तुम्हारी बीवी!"

"देर से ले गये होंगे। पता नहीं कैसा खैराती अस्पताल रहा होगा।"

"उन्हें क्या, चीज़ तो हमारी गयी।" सास ने ताना मारा।

उसका सिर और झुक गया। चीज़...! उनके घर की है। यह सोचकर अपमानित महसूस करने लगी। इन्सान हैं ये लोग? चार पैसे क्या हाथ में आ गये तुमने इन्हें सुनाने का मौक़ा दे डाला। तुम निष्ठुर हो भगवान्, बेवजह मेरे बेटे को मार डाला और इनके सामने मुझे अपराधिनी बना दिया!

वे अपनी बातें दोहराते रहे। जैसे साबित करना चाहते हों कि बेटे की हत्या इन लोगों ने मिलकर की है। उसे खीझ हो आयी। सिर भारी होने लगा। डर लगा, कहीं इनकी बातें सुनते-सुनते उसका मन भी बदल जाए। कहीं वह भी इनकी भाषा

में बातें करने लगे तो? मन इतना कड़वा हो जाए कि उसकी दृष्टि भी बदल जाए और उसका सारा स्नेहभाव बदल गया तो?

बच्चे के क्रिया-कर्म निपट गये। उसे लगा जैसे उसने सूर्या को दान कर डाला है इसी माटी को, बयार और तितलियों को। घर लौटने के बाद एक-एक पल भारी पड़ने लगा। हर बात पर सूर्या की याद। सूर्या को यह पसन्द है। यह नापसन्द है। सूर्या को स्कूल की देर हो गयी। सूर्या के आने का वक़्त हो गया। हर समय वही सूर्या। सूर्या...

"हे भगवान्, उसे लौटा दो। सीधी तरह से लौटा दो। वरना मैं तुम्हें छोड़नेवाली नहीं। तूने छल किया है मेरे साथ। मैं नहीं छोड़ूँगी। ये आँसू नहीं फूल हैं। इनकी माला पिरो रही हूँ। यह मेरा प्रलाप तुम्हारे लिए पढ़े गये श्लोक हैं। बस उसे वापस लौटा दो।" फिर छाती फटने लगती। मन के चारों ओर धुन्ध-सा कुछ छाने लगता। आँखों के सामने अँधेरा छा जाता।

"बच्चा जन तो लिया, पर देखभाल नहीं हो पायी।" सास के ताने।

"हे भगवान्, मुझे शक्ति दो। मैं अपनी शालीनता नहीं खोऊँ।" सोच-सोच कर सिर फटने लगता।

"छाती फटी जा रही है। कैसा सोनचिरैया था! कितनी लापरवाही बरती होगी। जो यूँ चला गया; हमारे पास होता तो ऐसा क्यों होता!" सास कलपती।

'तो क्या तुम लोग रोक लेते। कितना विश्वास है अपने बल पर। क्या रुपया इतना बल देता है?'

रामकृष्णन क़रीब-क़रीब रोज़ ही चिल्लाता, "तुम्हारी लापरवाही ने ही बच्चे की जान ली।"

सुनते-सुनते उसे भी लगने लगा कि बात सच है। अकेले में उसके सीने से चिपककर आँसू बहाती।

"क्या सूर्या मेरा बेटा नहीं था। उसके जाने का दुख मुझे नहीं है क्या?"

"दुख से क्या होगा। ज़िम्मेदारी तो होनी चाहिए थी न!"

मन में अपराध भावना इतनी बैठ गयी थी कि उसे उसकी बात सच लगने लगती। और ऐसे में और रोने लगती। कभी-कभी तो रामकृष्णन भी पिघल जाता और उसे सहलाकर चुप कराता। उसे लगा इस तरह पिघलना भी स्पर्श के आकर्षण से जुड़ा है।

एक दिन सोते में लगा जैसे सूर्या बुला रहा है।

"माँ, माँ..."

"क्या है बेटे!"

"तेरे पास आ जाऊँ?"

"हाँ बेटे, आ जा।" जैसे ही उठकर वह हाथ फैलाने लगी, आँख खुल गयी।

शरीर में जैसे झुरझुरी फैल गयी। मन में कोई प्रवाह उमड़ पड़ा। बत्ती जलाकर सूर्या को खोजने लगी, जैसे वह कहीं छिप गया हो।

रामकृष्णन जग गया। भौंह सिकोड़ता बोला, "आधी रात में बत्ती जलाकर क्या कर रही हो?"

उसकी सचेतना लौट आयी। निःश्वास के साथ बत्ती बुझाकर लेट गयी। पर नींद कहाँ आती। मन जैसे भरा-भरा लग रहा था। लगा, सूर्या वाली बात सच है। मन बार-बार दोहरा रहा था।

हे भगवान् सूर्या को वापस कर दो।

अगले दिन रामकृष्णन को रात के सपने की बात सुनायी।

"पागल हो रही है तू।"

"न, मुझे सच लग रहा है। सूर्या हमारे पास ज़रूर आएगा।"

"क्यों, फिर उसे मारने का इरादा है क्या?"

वह सहम गयी। आँखें भर आयीं। कैसे सम्भव हो पाता है इतना ज़हर उगलना। ये लोग तो मुझे सुना-सुनाकर ही मार डालेंगे। इतना आरोप कि मैं पागल हो जाऊँगी किसी दिन!

"फिर मारने का इरादा है क्या?"

उसका सिर फटने लगा। सारी यादें, सारा आक्रोश जैसे फूटने को हो गया।

"फिर मारने..."

उसने सिर थाम लिया। कोई काम नहीं कर पायी।

सास ने वक़्त पर खाना खाया और आराम करने चली गयी। वह भ्रमित-सी बरामदे में ही बैठी रही। मनीप्लाण्ट की लम्बी बेलें सर्प-सी लगने लगीं। मन में जैसे विचार कौंध गया। इसी घर में रहेगी तो सूर्या नहीं लौटेगा। वह झट उठी। भीतर का उफनता आक्रोश नहीं रुका, मनीप्लाण्ट को नोचकर फेंकने लगी।

बेडरूम में जाकर, एक सूटकेस में कुछ रुपये रख लिये। रेल के किराये भर का ख़र्च लेकर निकल पड़ी।

उसे यूँ अचानक सामने देखकर माँ और बाबूजी घबरा गये।

"आओ बेटी, एक ख़त तो डाल देती, स्टेशन ही आ जाते।"

वह बेहद थक गयी थी। उसे लगा उससे अब कोई सवाल नहीं करे।

"लिखने का समय ही कहाँ रहा बाबूजी?"

"इतनी भी क्या जल्दी थी?"

उसने उन्हें एकबारगी देखा। "सूर्या यहीं है बाबूजी। मुझे बेटे को देखने की जल्दी थी।"

माँ और बाबूजी ने एक-दूसरे की आँखों में कुछ परच लिया। आँखों के आँसू उसमें छिपा लिये। बाबूजी ने पास आकर उसका कन्धा छू लिया।

"हाँ बेटी। ठीक कह रही है तू। पहले हाथ-मुँह धोकर कॉफ़ी पी लो।"

"मैं आइन्दा यहीं रहूँगी बाबूजी। सूर्या भी यहीं रहना चाहता है।"

"ठीक है। पहले कॉफ़ी पीकर सुस्ता लो।"

कुएँ से पानी लेकर मुँह धोकर आ गयी।

कॉफ़ी देती हुई माँ की आँखों में आँसू थे। कॉफ़ी पीते ही जैसे आराम मिला। सहसा आँखों के आगे अँधेरा छा गया। पेट में कुलबुलाहट मचने लगी। कुएँ के पास पहुँचकर सारी कॉफ़ी उलट दी। माँ घबराती हुई आयी।

"क्या हो गया री!"

उसने कुल्ला किया और दोनों हाथों से पानी के छींटे मारने लगी। सहसा दिमाग़ में कुछ कौंध गया। मन ही मन सवाल लगाया और सच खुलते ही वह पुलकित हो गयी। उसने प्यार से माँ को देखा और मुस्करा दी।

"कुछ नहीं माँ, ठीक हूँ। देख लेना। अब से ख़ुश रहूँगी।"

"चलो, भीतर चलकर लेट जाओ।"

"रुको, माँ। ज़रा बग़ीचे में टहल तो लूँ। मुझे कुछ भी नहीं हुआ। घबराओ मत।"

माँ के चेहरे पर चिन्ता की रेखाएँ मिटीं नहीं। वह पीपल के पेड़ के पास गयी।

ये पेड़, पक्षी और फूल किसी दैवी प्रतिरूप से लगे और उसका मन भर आया। आँखों में आँसू आ गये।

—भगवान्, तुम अपार करुणा के स्वामी हो। इसी पीपल के नीचे तो सूर्या ने उस रोज़ कहा था, "यहीं रह जाएँगे।" उसके चेहरे पर हँसी तिर गयी।

"रह जाएँगे बेटे। यहीं इन्हीं पक्षियों के साथ पलेंगे।"

तुम्हें दोबारा नौ महीने कोख़ में ढोते कोई तकलीफ़ नहीं होगी। फिर हम यहीं रह जाएँगे।

सीमाएँ

तेज़ धूप से बेअसर यशोदा साइकेट्री विभाग से लगे बरामदे में खड़ी थी।

"न, मैं यहाँ नहीं बैठ सकता। आपके प्रश्नों का उत्तर मैं नहीं दे सकता।"

"देखिए मि. शर्मा। प्लीज़ शान्त हो जाइए।"

"शान्त! हुँ, यही कहकर आप मुझे चुपा देते हैं।"

यशोदा ने पसीना पोंछ लिया। अस्पताल की इमारत के भीतर जाते हुए लोग क्षणांश के लिए ठिठकते फिर आगे बढ़ जाते।

"क्या आप लोग सोचते हैं मैं बच्चा हूँ? इसी अक्टूबर में बावन का हो जाऊँगा। अपनी इच्छा के अनुसार जी भी नहीं सकता। मैं आपकी बात क्यों मानूँ?"

"ईज़ी मि. शर्मा, रिलैक्स!"

"देखिए ये तो फ़ालतू बातें हैं। अब भला इस रिलैक्स का क्या मतलब हुआ। मैं क्या चीख़ रहा हूँ? यशोदा..."

यशोदा चौंककर मुड़ी। शरीर में सिहरन-सी दौड़ गयी। ओफ कैसे सँभालेगी इन्हें?

यशोदा को देखते ही शर्मा का चेहरा तमतमा गया।

"यशोदा!..."

अगर उनकी आँखों में, उनकी आवाज़ में ताक़त होती तो वे सचमुच उसे भस्म कर डालते।

"और कितना अपमान करवाओगी मेरा? तुम्हारे अहम् की कोई सीमा नहीं है क्या?"

शर्मा ने गुस्से में हाथ उठा दिया।

यशोदा पीछे हट गयी। डॉक्टर और उसके सहयोगियों ने शर्मा को पकड़ लिया।

"आप बाहर ही रहें मैडम! हम इनसे निपट लेंगे।" यशोदा ने बाहर आकर आँसू पोंछ लिये। क्या करेगी वह? क्या ये आजीवन ऐसे ही रहेंगे? बाहर देर तक नहीं खड़ी रह सकी। धूप जैसे अंगारे बरसा रही है। उसे खीझ हो आयी। इतना बड़ा अस्पताल है, पर यह मनोरोग विभाग तो जैसे जानबूझकर धूपवाले हिस्से में

बनवाया गया है। छाया का नाम तक नहीं। अच्छा होता वह किसी प्राइवेट नर्सिंग होम तक पहुँच जाती। यह तो सरकारी अस्पताल है। पता नहीं कैसा होता होगा, सब कुछ।

पर जो भी हो, उसके वर्तमान से तो बेहतर होगा। उसमें तो अब सहनशक्ति भी चुक गयी। इनका यह क्रोध, यह आक्रोश तो कितने सालों से झेलती रही है। निश्चय ही यह जीवन का एक अंग बन गया है। इससे पहले कि मन ऊब जाए और वितृष्णा हावी हो जाए...।

यहाँ ले आयी है उन्हें। डॉक्टरों के लिए तो वे सिर्फ़ पेशेण्ट हैं। उनके लिए उन लोगों के मन में कोई लगाव नहीं। और यही वजह है कि इनकी बातों का उन पर कोई असर नहीं पड़ता। आँखों में आँसू नहीं आते। मन नहीं भर आता। विवशता और आवेश इन पर हावी नहीं होते।

"तुम हो कौन, उसे बाहर भेजने वाले? वह मेरी पत्नी है। उम्र में भले ही छोटी हो पर है तो मेरी पत्नी ही। मैं बूढ़ा नज़र आ रहा हूँ न! और वह लड़की-सी दिखती है। क्यों? हँसी आ रही है? पर भाई, यह मज़ाक़ नहीं! यह तो ढोंग है, सरासर ढोंग। मैं ढोंग नहीं कर सकता। मन में जो आया वही बोलता हूँ। और पता है, यह तब क्या कहती है? कहती है, मुझे हिस्टीरिया है। हाइपर टेंशन है। यही है, मुझे आपके यहाँ ले आयी है। शी ईज़ ए ब्लडी..."

यशोदा की आँखें फिर भर आयीं। उसने रूमाल से पोंछ लीं। आने-जाने वालों की आँख उस पर लगी रही। वह सकुचा गयी।

मनोरोग विभाग से जुड़े बायीं ओर के गलियारे की ओर मुड़ गयी। पेड़ के नीचे दो लड़के एक बुज़ुर्ग के साथ बैठे हुए थे। पेड़ से टिककर खड़ी हो गयी। डॉक्टरों पर तरस आ गया। पता नहीं, ऐसे कितने रोगियों से पाला पड़ता होगा।

"किसकी तबीयत ख़राब है?"

उसने चौंककर देखा। सलवार-कुरते में एक लड़की। अभी कुछ देर पहले उसे घर पर देखा था।

यशोदा संकोच में पड़ गयी!

"आपके घर पर कौन बीमार है?"

"मेरा देवर! इस बार फेल हो गया था। सदमा बर्दाश्त नहीं कर पाया।"

"क्या करता है?"

"बस, उसे कोई लगाव नहीं रह गया। न खाता है, न किसी से बातें करता है। बस यही हाल रहा तो किसी दिन मर जाएगा, हम घर पर भला कब तक देखभाल करते! ज़माना भी इतना बदल गया है, अब भला कौन किसके लिए करता है?"

उसकी उम्र कम लग रही थी। बड़ी-बड़ी आँखों और लाल होठों पर जाने

कितने सपने तैर रहे थे। शायद उन नयनों के बिखर जाने की आशंका उसे खाये जा रही थी।

“ठीक हो जाएगा। आप चिन्ता क्यों करती हैं?”

“बस हो जाए! उसका हमारे अलावा है भी कौन?”

“वैसे इस उम्र के लड़कों में इस तरह के तनाव आम हैं। ट्रीटमेण्ट से ठीक हो जाएगा।”

“आपके यहाँ कौन बीमार है?”

यशोदा की आँखें गलियारे से गुज़रती कारों और ऑटो रिक्खा पर जम गयीं। एक क्षण के मौन के बाद धीमे से कहा, “मेरे पति बीमार हैं।”

लड़की की भौंहें विस्मय से फैल गयीं।

“कौन? जो भीतर चीख रहे हैं, वे आपके पति हैं?”

“हाँ।”

उस लड़की की आँखों में जैसे एक चिन्ता फैल गयी।

“आपको बड़ी तकलीफ़ होती होगी। क्या वे रोज़ इसी तरह चीखते हैं।”

“हाँ, कुछ दिनों से...।”

“उफ...।”

अच्छा हुआ जो उसने वजह नहीं पूछी। सभ्य होगी। क्या इसने पूरी बातें सुनी होंगी। क्या पता, कुछ देर और रुक जाती तो शायद पूछ भी लेती।

यशोदा को जैसे कुछ याद आ गया। धीमे से बोली, “चलूँ, शायद डॉक्टर मुझे ढूँढ़ रहे हैं।”

उस लड़की की आँखों में उसके लिए एक दया भाव तैर गया।

वह चुपचाप आगे बढ़ गयी।

शर्मा आँखें मूँदे लेटे थे।

“हमने उन्हें सुला दिया है। आप मेरे साथ चलिए।” डॉक्टर ने उससे कहा।

वह उनके सामने बैठ गयी।

“ठीक तो हो जाएँगे न डॉक्टर?”

“देखिए, इस ट्रीटमेण्ट में यह विश्वास ज़रूरी है। हमें आपका पूरा सहयोग चाहिए।”

“मैं तो तैयार हूँ डॉक्टर! पर सामने आते ही वे चीखने लगते हैं। मुझे देखते ही तमतमा जाते हैं।” उनकी आँखें भर आयीं।

“ऐसा क्यों है, मिसेज़ शर्मा।” स्वर कुछ मुलायम था। पर आँखें जैसे उसे भेद रही थीं।

“मेरी क़िस्मत है!” उसका स्वर टूट गया और मेज़ पर सिर टिकाकर रो पड़ी। देर तक रोती रही।

सँभलकर सिर उठाया तो कूलर की आवाज़ साफ़ सुनाई दे रही थी।

आँखें पोंछकर आश्वस्त हुई।

डॉ. मुस्कुरा दिये। "देखिए मिसेज़ शर्मा, मैं क़िस्मत या भाग्य पर विश्वास नहीं करता। मैं तो मानता हूँ कि आदमी के स्वभाव और उसके क्रिया-कलापों के पीछे हमेशा कोई न कोई वजह होती है।"

"और बेवजह काल्पनिक हों तो?"

"चलिए मान लेते हैं कि वे काल्पनिक हैं। ऐसी कल्पनाओं को भंग करना तो आपका कर्तव्य है मिसेज़ शर्मा।"

उसने सिर को कसकर थाम लिया।

"नहीं डॉक्टर। नहीं हो सका! कितना प्रयास कर चुकी हूँ। एक दिन ठीक रहेंगे। फिर शुरू हो जाएँगे। उससे क्यों बातें करती हो? इससे क्यों बोलीं तुम? मुझसे कम बातें करती हो, उससे ज़्यादा करती हो। उसके साथ खूब हँस लेती हो, मेरे साथ नहीं हँसती हो! ओह गॉड! इट्स एक टार्चर! पिछले बीस वर्षों से लगातार सहती आ रही हूँ।"

"यह 'वह' तीसरा कौन है?"

वह चौंक पड़ी। फिर हँसी ज़ोरों से!

"कोई भी हो सकता है। बस, कोई एक पुरुष। कोई भी पुरुष हो, बस मैं उससे बातें करूँ तो इनका पारा चढ़ता है। कभी-कभी इनके इस गुस्से को झेलती हूँ, तो पता है क्या सोचती हूँ?"

"क्या...?"

"ऐसे में लगता, सचमुच ही किसी से दोस्ती कर डालूँ।"

डॉक्टर उसे देर तक देखते रहे। फिर पूछा, "यह महज काल्पनिक है या इसमें कोई तथ्य भी है?"

"ओह नो!" वह जल्दी से बोली।

"क्यों?"

"मैं ऐसे रिश्तों में विश्वास नहीं करती। मुझे तो बस यही बात तकलीफ़ देती है कि ये ऊटपटाँग कुछ भी सोच लेते हैं और चीखने लगते हैं। आज तक कोई भी पुरुष आकृष्ट नहीं कर पाया।"

"कर नहीं पाया या आपने होने नहीं दिया।"

"न...कुछ नहीं हो पाया।"

"क्यों...?"

कुछ देर वह चुप रही। फिर बोली, "बौद्धिक रूप से हो सकता है, पर भावनात्मक रूप में अगर कहीं जुड़ी हूँ तो सिर्फ़ उनसे।"

"तो फिर आप उन्हें यह बात समझा क्यों नहीं पायीं?"

"यही तो दुर्भाग्य रहा, डॉक्टर।"

वह हँस दिये।

"और आप उसी दुर्भाग्य को बदलने की इच्छा लेकर मेरे पास आयी हैं, क्यों?"

"पता नहीं, मेरा भाग्य बदलेगा भी या नहीं। क्योंकि इनका स्वभाव तो अब बदलने से रहा। घर पर तो इन्हें रखते नहीं बना। क़ाबू से बाहर होने लगे तो आपके पास ले आयी।"

"ऐसा कब से हुआ?"

"लगभग एक माह से...।"

"ओह गॉड, तो फिर अब तक आप कैसे चुप रहीं?"

"पहले तो मुझे विश्वास ही नहीं हुआ कि यह भी कोई मनोरोग हो सकता है। ऐसा गुस्सा तो आदतन इन्हें आता ही है। पर जैसे-जैसे दिन बीतने लगे इनके ताने, इनका गुस्सा बढ़ने लगा। दिन भर यही चलता। पता चला, दफ़्तर में भी सब पर वहम करते फिरते हैं। इनके एक दोस्त की मदद से यहाँ ले आयी।"

हिचकते हुए उसने फिर पूछा, "ठीक तो हो जाएँगे न डॉक्टर?"

"आप भी तो यही चाहती हैं न?"

"यह भी कोई पूछने की बात है?"

"मतलब उनके ठीक होने की कामना कर लेना पर्याप्त नहीं है, इसके लिए आपका सहयोग और अपार सहनशक्ति की भी ज़रूरत है।"

यशोदा चुप रही। सिर झुका लिया।

"आपकी सहनशीलता ही, उनके लिए सबसे बड़ी दवाई है मिसेज़ शर्मा।"

उसने झटके से सिर उठाया।

"सच कहूँ, तो मेरी तरह सहनशील तो कोई हो भी नहीं सकता। जिसने देखा हो, शांयद वही समझ सकता है। कितना सहती आयी हूँ। चुप रहूँ तो भी ग़लत हूँ। कुछ बोलती हूँ तो भी ग़लत! ही इज़ ए डिफिकल्ट मैन...।"

डॉक्टर ने उसकी पीठ हौले से थपथपायी।

"मैं समझ सकता हूँ। फिर भी यह कहूँगा कि उनका ठीक होना आपके हाथ में है।"

उनकी थपथपाहट में सहानुभूति के साथ शायद जल्दबाज़ी भी थी। उनको और भी मरीजों के पास जाना था।

"डॉक्टर, कोई दवाई?"

"ख़ास कुछ नहीं। थोड़ी-बहुत विटामिन की गोलियाँ और कम्पोज़। कम्पोज़ की गोलियाँ तीन बार! विटामिन की दो बार खाने के बाद! बस, इस बात का ध्यान रखिएगा कि इन्हें गुस्सा न आ जाए! आप नौकर के साथ कार में आयी हैं शायद।

तब तो आप उन्हें लेकर जा सकती हैं। अगले सप्ताह उनका हाल बता जाइएगा।"

शामलाल की मदद से शर्मा को घर ले आयी। घर पर कुछ देर तक वे सोते रहे। नींद में वे कितने निरीह लग रहे थे। पर जागते ही उनका चेहरा तमतमाने लगता है। कितनी गठानें उनके मन में पड़ने लगती हैं। कितने जाले बुन लेते हैं वे! फिर मकड़ी की तरह अपने ही बुने जाल में फँसकर रह जाते हैं। अपने फँसने का आरोप दूसरों पर डालकर उनका चीख़ना!

आख़िर क्यों? क्यों करते हैं ऐसा वे?

आख़िर उसकी ग़लती भी क्या थी, वह आज तक समझ नहीं पायी। बस यही लगा, एक ज़िन्दगी यूँ ही व्यर्थ जा रही है। इस गुस्से की वजह से, गन्दे शब्दों की वजह से लगता कि ज़िन्दगी कहीं से फिसलती जा रही है। रेत की मानिन्द उँगलियों से फिसलती हुई।

'भाग्य पर मैं विश्वास नहीं करता।'

फिर उसका अर्थ क्या हुआ?

दरवाज़े की घण्टी बजी। शर्मा जी के जागने के भय से वह बाहर के दरवाज़े की ओर लपकी। पड़ोसी रविशंकर थे। उसे देखकर स्नेह भाव से मुस्करा दिये।

"कैसे हैं?"

"इस समय सो रहे हैं।"

"क्या कहा डॉक्टर ने?"

"कह रहे थे, मुझे और सहनशील होना होगा।"

रविशंकर की आँखों में सहानुभूति तैर गयी।

"आपसे अधिक सहनशील कोई और हो सकता है भला?"

"यशोदा..."

उसकी आँखों में भय छा गया।

तो वे जाग गये।

"अच्छा तो मैं चला। कुछ काम हो तो बताइएगा। हाज़िर हूँ।"

"ओके थैंक यू।"

वह भीतर लपकी।

"अभी आयी..."

"तुम्हारे आने की कोई ज़रूरत नहीं। कहाँ रहीं इतनी देर?"

"कहीं नहीं, यहीं तो थी।"

आँखें जैसे चुभने लगीं।

"किसी से बातें कर रही थीं?"

"अभी-अभी पड़ोस के रविशंकर आपका हाल पूछने आये थे।"

उनका चेहरा तमतमा गया।

"पूछने की क्या ज़रूरत है! तुम कहती फिर रही होगी कि तुम्हारा पति पागल हो गया है।"

"मैंने तो ऐसा किसी से भी नहीं कहा।"

"नहीं कहा तो फिर पूछने कैसे चला आया? झूठ मत बोलो, तुमसे मिलने आया होगा।"

उसने होठ काट लिये।

न, उसे चुपचाप सहना होगा। कान बहरे कर लेने होंगे। हे भगवान् सहने की शक्ति दो।

"मैं कहे जा रहा हूँ, कान बहरे हैं क्या?"

"ओह! क्या कहा?" वह चौंक उठी।

"इट्ज़ आल राइट। अगर मेरे साथ बात करने की इच्छा न हो तो मैं तुम्हारा क़ीमती समय बरबाद नहीं करना चाहता। अपनी बात भी बरबाद नहीं होने देना चाहता।"

हे भगवान् कितना सहेगी! उसने बमुश्किल अपने को रोका और उनके कन्धों पर हाथ रख दिये।

"हर बात पर यूँ क्यों वहम करते हैं? क्या चाहते हैं आप?"

शर्मा ने उसका हाथ झटक दिया।

"मुझे कुछ नहीं चाहिए। मैं वहम कर रहा हूँ?"

उनके तमतमाये गालों और आँखों के आक्रोश को देखकर उसने चुपचाप सिर झुका लिया।

"मैं वहम करता हूँ। घण्टे भर से जाने किससे बतिया रही है। यहाँ मैंने एक सवाल क्या कर लिया, तुम्हें लगा कि मैं वहम कर रहा हूँ। मेरी औक़ात ही क्या रही। एक शब्द भी बोलता हूँ, तो ज़हर लगता है। कुछ कहूँ, तो कहती हो वहम कर रहा हूँ।"

उसे सचमुच खीझ हो आयी। लगा, इसी वक़्त यहाँ से उठकर चली जाए। अपने को ज़बरन रोक लिया और धीमे से मुस्करा दी।

"ओ. के., मैं अपने शब्द वापस लेती हूँ। अब बताइए आपको क्या चाहिए?"

वे कुछ क्षणों तक चुप रहे, फिर मुँह फेर लिया।

"भूल गया। जब बुलाया था, तो पास थी ही कहाँ तुम?"

वह फिर मुस्करा दी।

"अच्छा! अब यहीं बैठती हूँ। याद कर लीजिए। चाय, शर्बत, पानी कुछ चाहिए?"

"न..।"

उन्होंने आँखें मूँद लीं। माथे पर कितनी सलवटें उभर आयी हैं। क्या यह कभी शान्त हो सकेंगे? कितने दिनों तक इनकी आदतों को बीमारी के नाम पर झेल पाएगी?

"मेरे लिए थोड़ा समय दे सकोगी?"

वह चौंक गयी।

"मैं तो आपके लिए ही तो यहाँ बैठी हूँ।"

"से, यस ऑर नो...।"

अपनी खीझ दबा ली।

"यस!"

"थोड़ी-सी चाय बना लाओ।"

"ठीक है, अभी लायी।"

वह भीतर गयी। गैस सुलगाकर चाय का पानी चढ़ा दिया। दार्जलिंग वाली चाय ख़त्म हो गयी।

ओह! तो अब उसके लिए भी सुनना पड़ेगा। क्यों भूल जाती है वह? इनकी चीख़-चिल्लाहट के बीच भला क्या याद रहता है। एक दिन दिमाग़ फटनेवाला है। यूँ तो अभी जड़ होने लगी हूँ। छोटी-छोटी बातों पर जड़ हो जाती हूँ। कुछ सूझता नहीं। कभी आँखें भर आती हैं। क्या होगा उसका?

"चाय नहीं बनी?"

"अभी लायी...।"

उसने जल्दी से चाय कप में उँडेली और ले आयी।

"चाय बनाने में इतनी देर लगती है?"

वह चुप बनी रही।

"यह कौन-सी चाय है?"

"ब्रुक बाण्ड।"

"क्यों, दार्जलिंग वाली चाय नहीं है?" भौंहें तन गयी थीं।

"ख़त्म हो गयी।" उसने सिर झुका लिया।

"ला नहीं सकती थीं?"

"भूल गयी। शाम को ले आऊँगी।"

"न, कोई ज़रूरत नहीं। मेरे कहने के बाद लाओगी। भीख दे रही हो तुम?"

उसने फिर होठ काट लिये। आँखें बरसने को हैं। उसे लगा उसकी साँस रुकने

वाली है। अपने को सँभाल लिया। यह तो बीमार हैं। प्रलाप-भरे शब्दों को लेकर इतनी क्यों परेशान होती है वह?

सहनशीलता ही इसकी सबसे बड़ी दवाई है।

कब तक?

लगता है उसकी पूरी ज़िन्दगी कट जाएगी। कुछ देर चुप रही। क्या कहे कि उनका गुस्सा न भड़के।

"कॉफ़ी बना लाऊँ?"

"नो!"

वह चुपचाप एक पुस्तक उठा लायी।

शर्मा ने चाय का प्याला रख दिया और टेलीफ़ोन के पास जाकर नम्बर मिलाने लगे।

"कौन? किशन सिंह? मेरी फ़ाइलें घर भिजवा दें। कल दफ़्तर आऊँगा। क्या कहा? कल इतवार है। तो फिर परसों सही। व्हाट डिफरेंस इज़ इट मेक। ...हाँ, तबीयत ठीक है। भेज देना।"

टेलीफ़ोन का चोगा नीचे रखकर उसकी ओर खा जानेवाली आँखों से देखने लगे।

"तो जीते-जी मेरी समाधि चुनने में लग गयी हो, क्यों? और कितनों से कह रखा है?"

उसने सिर झुका लिया। आँखों की घृणा में वह सहम गयी।

"आप औरों की तरह होते तो मैं चिन्ता नहीं करती। आप मेरा विश्वास क्यों नहीं करते?"

"सुनो। तुम तो, लगता है, मेरे मरने की ताक में हो। तभी तो उल्टा-सीधा बताकर मुझे पागल साबित करने पर तुली हो।"

"इससे भला मेरा क्या लाभ होगा?"

"तब तुम अपनी मर्ज़ी से जी जो सकोगी।"

उसकी आँखें भर आयीं। क्यों सताते हैं इतना? ये बीमार हैं, या यह क्रूरता इनका स्वभाव है।

"देखिए, अगर हम इसी तरह बातें करते रहे, तो भला हम दोनों में आत्मीयता कैसे आ पाएगी? मैं यहाँ रहूँ या न रहूँ?"

"पहले यह बताओ, मुझे यहाँ रहना है या नहीं?"

उसने निराशा से सिर झुका लिया। यह इनके पुराने जुमलों में एक है। प्रश्न का प्रतिप्रश्न! ऐसे आदमी के साथ जीकर भी क्या कर लेगी? अपनी सोच को उसने दबा लिया।

"तुम तो मुझे नापसन्द करती हो। कुछ पूछता हूँ तो जवाब नहीं देतीं। कोई

और पूछता तो हँसकर जवाब देतीं। कभी मेरे साथ हँसकर बातें करती हो?"

उसने उत्तर नहीं दिया। खिड़की के पार आसमान में देखती रही। दो चिरैया फरफराती निकल गयीं। अगर किसी ने मानव जन्म की श्रेष्ठता की बात कही है, तो निश्चित ही कहनेवाला पुरुष रहा होगा।

"मैं बुढ़ा गया हूँ, इसलिए ऊब गयी हो न। मेरे साथ हँसकर बातें क्यों करोगी?"

चिड़िया डाल पर बैठ गयी। एक-दूसरे को चोंच मारती रही। इनमें अहम् भाव होता तो इतने प्यार से कहाँ रह पातीं?

"हर क्षण मेरा अपमान करती रहती हो। उस दिन नटराजन आया था। मैंने कुछ पूछा तो उत्तर नहीं दिया। उससे बातों में इतनी तल्लीन थीं तुम..."

उसका गुस्सा फिर भड़क उठा। ग़लतियाँ ढूँढ़ने के अलावा उनके पास काम ही नहीं रहा। सहजता से क्यों नहीं लेते? क्या कभी ये निश्छल हो पाएँगे? खुला दिल कभी हो पाएगा? इसके लिए अपेक्षारहित प्यार करना भी तो सीखना होगा। यह नहीं है, तभी न उस पर सन्देह करते हैं। मेरे उद्देश्य ढूँढ़ते हैं।

"घुन्नी है पूरी। मैं कहे जा रहा हूँ, वहाँ मुँह में लड्डू भरे हैं।"

उसने सिर घुमाया। वही चिड़चिड़ाहट, वही क्रोध।

कैसे सहनशील रह पाएगी वह? बीस साल हो गये, उसे देखते ही भड़कनेवाला गुस्सा अब रोग बनकर रह गया है।

'आपका सहयोग रहेगा, तो वे ठीक हो जाएँगे।'

पर कैसे? इनके शब्द तो मुझे खा जाएँगे। जितना वह दबकर रहना चाहती है, उतनी ही इनकी वक्रता बढ़ती जाती है। वह चुपचाप उनके पास बैठ गयी। उनके हाथ अपने हाथ में ले लिये।

"थोड़ा सोचेंगे, तो आपको लगेगा मैं उतनी बुरी नहीं, जितना आप मुझे समझते हैं। आपके अलावा मेरा है भी कौन? मरते दम तक आपके साथ ही रहना चाहती हूँ। मैं तो आपसी लगाव को बहुत अहमियत देती हूँ। ऐसे में आपकी उपेक्षा कैसे कर सकती हूँ। आप जाने क्या-क्या सोच जाते हैं! खुद भी परेशान होते हैं, और मुझे भी परेशान करते हैं।"

"ठीक है। अब परेशान नहीं करूँगा। अब अपनी इच्छा से रहना।"

उसने अनसुनी कर आगे कहा, "आप मेरी ग़लतियाँ ढूँढ़नी बन्द कर दीजिए और मेरी अच्छाइयों को देखिए। बीस साल केवल वहम में गुज़ारे हैं। सोचकर क्या आपको नहीं लगता कि हमने विवाह संस्था का अपमान किया है?"

उन्होंने हाथ झटक दिये।

"तुम जब तक मेरा अपमान करती रहोगी, यह तर्क बना रहेगा। मैं तुम्हारा गुलाम हूँ? तुम्हें तो बस गुलाम चाहिए। और वह मैं हो नहीं सकता।"

उसे हँसी गयी। कैसी बातें करते हैं यह?

गुलामी हो या आधिपत्य। दाम्पत्य में दोनों नहीं चल सकते। मैं तो सिर्फ़ दोस्ती माँग रही हूँ। जब हम एक-दूसरे के लिए बने हैं, तो परस्पर एक-दूसरे के साथ समझौता भी करना होगा। एक-दूसरे की भावनाओं की कद्र भी करनी पड़ेगी।

उसका स्वर गड़बड़ा गया। बीस साल का आक्रोश फूट पड़ने को था।

बैलों को अगर गाड़ी खींचनी है तो एक ही दिशा में। अगर परस्पर मतभेद रहे तो...

"तुम उपदेश मत दो। मैं सुनने की स्थिति में तो अभी तक नहीं आया।"

"अगर आप ग़लत हुए और मैंने उपदेश दे दिये और मेरे ग़लत होने पर आपने दे दिये तो ग़लत नहीं हुआ।"

"तुम चुप करोगी या नहीं?"

उसके भीतर जाने कैसा आवेश भर गया।

"नहीं, मैं बोलूँगी। आप क्या सोचते हैं, मैं कमज़ोर हूँ। आर्थिक रूप से स्वतन्त्र नहीं हूँ, इसलिए आपकी चाकरी करती रहूँगी? मैं भी बूढ़ी होने लगी हूँ, अब। मन और शरीर से चुकने लगी हूँ। कम से कम अब तो मुझे सहजता से स्वीकार कर लीजिए। आराम से, प्यार से बोलिए! मैं भी सामान्य औरत हूँ। ग़लतियाँ मुझसे भी हो सकती हैं। उन्हें इतना तूल मत दीजिए। सच कहती हूँ, मैं तो सिर्फ़ आपके प्यार की भूखी हूँ। मुझे सिर्फ़ आपकी दोस्ती चाहिए।" उसकी आँखें बहने लगीं।

"झूठ, बिल्कुल झूठ! अगर यह सच होता तो मेरी उपेक्षा नहीं करती।"

शर्मा का चेहरा लाल हो गया।

"कहाँ करती हूँ उपेक्षा? आप भी जाने कैसी कल्पना कर लेते हैं?"

"कल्पना तो तुम करती हो। दुनिया जहान में मुझे विलेन बनाकर रख दिया।"

उसने उन्हें आश्चर्य से देखा।

"मुझे इससे क्या लाभ होता?"

"तभी तो अपने को सही सिद्ध कर पाती। देखो, मैं तुम्हारे आदेश मानने से रहा। मैं जैसा कहूँगा वैसा ही करोगी तुम। ये दोस्ती वोस्ती के चोंचले यहाँ नहीं चलेंगे।"

उसने सिर घुमाकर उन्हें देखा। उनके चेहरे पर चिड़चिड़ाहट के अलावा इन बीस सालों में क्या देखा है उसने। उसे लगा वह हँस दे। अगर वह सह भी लेती है, इससे क्या लाभ होगा? इनके ऐसे स्वभाव का कारण उसकी समझ में आ गया।

इनको कोई बीमारी नहीं। वही प्राचीन आदि मानव की बीमारी। गुलाम बना लेने की सामन्ती प्रवृत्ति।

ऐसे पुरुष से प्यार की याचना करना भी मूर्खता है। यह भी रोग है। यही

रोग परम्परा से चला आ रहा है। ठीक उसी तरह जैसे इनका रोग इन्हें पीढ़ी-दर-पीढ़ी मिलता आ रहा है। इसका एक ही रास्ता है।

वह चुपचाप भीतर गयी। एक बक्से में अपने कपड़े रख लिये। बिना किसी उद्देश्य के अपनी खुद्दारी को खोकर वह करेगी भी क्या? इससे तो बेहतर है, अकेली ही ज़िन्दगी काट ले।

शर्मा के सामने से निकलने लगी।

"मैं जा रही हूँ। अब आपको मेरी ज़रूरत नहीं। यह मैं खूब जानती हूँ। आपको किसी भी क़िस्म की बीमारी नहीं है। इस घर के लिए एक हाउस कीपर काफ़ी है, पत्नी नहीं।"

"कहाँ जा रही हो?"

"पता नहीं। यूँ तो कहीं भी दो जून रोटी कमा लूँगी।"

वे चीख़े।

"जाओ, शौक से जाओ। कितने दिनों से इस मौक़े की तलाश में थी। जिसको तुम्हारी प्रतीक्षा हो, उसी के साथ निकल जाओ।"

अब इन शब्दों पर आँखें नहीं बरसीं। ठीक है, अगर इस तरह की बातें उन्हें सन्तुष्ट कर सकती हैं तो यही सही। वह मुस्कराकर आगे निकल गयी।

राख

ट्रैफ़िक सिग्नल की लम्बी क़तार में उसकी गाड़ी भी ठहर गयी।

"यू हैड इट" राघव भन्नाया और इंज़िन ऑफ़ कर दिया। राधिका ने अपनी आँखें किताब से उठायीं, सामने की लम्बी क़तार को देखा और बुदबुदायी, "शिट।"

"तुम्हें इसके अलावा कोई दूसरा शब्द याद भी रहता है?"

उसके इस सहसा उभर आये गुस्से से वह अचकचा गयी। "सॉरी डैड। पर यह कोई ग़ाली तो है नहीं!"

"पर अश्लील तो है" वह बेवजह खीझ गया। "मेरे सामने तो कम-से-कम इन शब्दों को मत बोला करो। हम लोग छोटे थे, तो अपने पिता के सामने जाते काँपते थे...।"

राधिका चुइंगम चबाती रही। "हे भगवान्, अगर मैं वहाँ होती तो पागल हो जाती।" अमेरिकी लहजे में वह बोली।

क़तार जैसे रेंगने लगी। उसने गाड़ी बढ़ायी।

उसने ईश्वर का लाख-लाख शुक्रिया अदा किया और गाड़ी की गति तेज़ कर दी। अपने आप एक लम्बी साँस निकल गयी। लाख याद करने पर भी उसे याद नहीं पड़ रहा था कि उसने राधिका से अभी कुछ देर पहले किस मुद्दे पर बहस की थी। पूछेगा तो वह चुइंगम चबाती हुई कोई उल्टा-सीधा जवाब पकड़ा देगी। वह चुप रह गया।

उसे कनखियों से देखा। कसकर बाँधे गये बालों की चोटियाँ आगे को लटकी थीं। आज छुट्टी थी, इसलिए उसने लहँगा ब्लाउज़ पहन रखा था। अठारह वर्षीया किशोरी का अंग-लावण्य फूट पड़ रहा था। जबकि कौन विश्वास करेगा कि अभी वह बारह साल की है। उसका चेहरा गर्व से तन गया। साँवला रंग और तीखे नाक-नक्श उसे तमिल लड़की मानित कर दें, पर मुँह खुल जाए तो अमेरिकी लहजा हवा में तिरने लगे। बातचीत तो क्या सोच-विचार तक में पूर्ण अमेरिकी। कम्प्यूटर की-सी गति!

कैसी होगी यह दस साल बाद! वह सोचकर हैरान हो गया।

यादों का सैलाब जैसे बह आया और भविष्य जैसे एक प्रश्नचिह्न बनकर

सामने खड़ा हो गया। एक ऐसा सवाल जिसका कोई हल नहीं। वह हमेशा एक कमज़ोर छात्र की तरह इस सवाल से बचना चाहता है। यहाँ तो हाल यह है कि वर्तमान भी मन में नहीं ठहर पाता...

आजकल यह लगातार हो रहा है कि मन यादों के जंगल में भटकने लगता है। ऐसी भटकन जैसे उसे किसी नशे में धकेल देती।

यादों के उभरने के लिए उसे ख़ास प्रयास नहीं करना पड़ता। बिन बुलाये ही जैसे अचानक सब कुछ सामने आ टपकता। कभी रास्ता रोक लेता। सुबह आँख खुलते ही वह भी जैसे जाग जाता। रात भर जैसे उसी के साथ सोता! कल ही की तो बात है, सुबह आँख खुली तो मन 'मेरा प्यारा तमिल देश...शस्य श्यामला भूमि इसकी' गाने लगा था। कावडि सिन्धु राग की तर्ज़ पर...

जस्ट इमैज़िन! इतने सालों बाद बिल्कुल उसी तरह सब कुछ याद आया था। उसने उँगलियों पर ताल दिया। अगली पंक्ति की जैसे प्रतीक्षा करता रहा और जैसे ही याद आती रही, वह और मन दोनों ही एकाकार होते चले गये।

"वेदों का तमिलनाडु,
वीरों क़ी भूमि है यह!"

"सुबह-सुबह यह गाना किस ख़ुशी में गाया जा रहा है?" विजी की आवाज़ पर वह झेंप गया था। ब्रुश करने लगा तो आगे की पंक्तियाँ फिर गुदगुदाने लगीं–

"विद्या की भूमि है यह,
कम्बन की है धरती..."

वाश बेसिन पर बायाँ हाथ ताल देने लगा था। उसने आँखों में उतर आयी नमी को अनायास महसूस किया और जल्दी से मुँह धोकर आ गया।

शीशे में से बाबा झाँकने लगे।

"बहुत हो गया गाना-बजाना! भारती का चेला यही तो बचा है न! घर का कोई काम तो होता नहीं इससे! जाओ, सब्ज़ी ले आओ–"

गुनगुनाता हुआ वह बाज़ार के लिए चल दिया। सड़क पर पहुँचते ही भारती फिर पूरे आवेश के साथ निकल आये।

"भय नहीं भय नहीं
अब कहीं भय नहीं..."

रास्ते भर नीम के दरख़्तों की छाँह थी। बाज़ार जाते हुए नीम के फूलों की सौंधी महक भारती के साथ चलती रही।

उसे आम के बौरों की महक याद आयी। बस ये महक सिर्फ़ एक ही मिट्टी की है! या यहाँ जो भी महक उसे याद रही है, वह पतझड़ में नंगे खड़े दरख़्तों की

है। बर्फ़ीली हवाओं को झेलते हुए, कोट को बदन के साथ कसते हुए नंगे दरख्तों के पास से गुज़रना...!

"ब्रेकफॉस्ट नहीं करेंगे?"

"आलई।"

मेज़ पर अमेरिकी ब्रेकफॉस्ट के डिब्बे थे! एक डिब्बे को खोलकर पत्थरनुमा सिरका उसने कटोरी में उँड़ेल लिया और दूध के साथ खाने लगा।

"हाय डैड!"

शीला आ गयी थी।

"हाय..."

"गोल-मटोल चेहरा। इसकी सेहत जब भी देखता है तो जाने क्यों लगता है कि प्रकृति के ख़िलाफ़ कुछ घट रहा है और वह अपराधी होता जा रहा है, इस ख़िलाफ़त का। इसकी उम्र में तो वह सिर्फ़ स्कूल के वक़्त पूरे कपड़े पहना करता था, बाक़ी वक़्त नंगे बदन सिर्फ़ चड्डी में ही घूमा करता था!

गरमी में माँ घमौरियों पर चन्दन का लेप लगातीं। छत पर लेटकर तारों को गिनना, बाबा के पास लेटकर पंचतन्त्र की कहानियों को बार-बार सुनना...।

मेज़ पर रखे गत्ते के डिब्बे धुँधलाने लगे।

"बाय डैड..."

"आज सुबह से तेरे पापा गहरी सोच में हैं।" विजी कार की चाबी हाथ में लिये हाइ हील चप्पलों में पाँव डालती हुई बोली।

"मे बी ही इज़ थिंकिंग ऑफ हिज़ डैड–"

वह जैसे झिंझोड़कर रख दिया गया। उसने सिर उठाकर देखा। जीन्स और टॉप पहने, पोनीटेल बाँधे, चुइंगम चबाती राधिका के होठों पर वह व्यंग्य ही तो था, जो तैर गया था। उसकी पीठ पर कोई कीड़ा रेंग गया।

यह सचमुच मेरी अपनी बेटी है, या फिर किसी अमानवीय शक्ति की प्रतिनिधि?

"मे बी..." गोलू ने अपनी सहमति व्यक्त की। वह उठने लगा तो पाँव जैसे कमज़ोर होने लगे थे।

"मैं इन्हें ड्राप करने जा रही हूँ।"

उसे जैसे दिनचर्या याद हो आयी और उसने कहा, "बाय...।"

"ठाकुर जी को प्रणाम किया?" विजी की आवाज़ दरवाज़े से होकर आयी।

राधिका ने किताब से आँख हटायी। बाहर देखकर बोली, "जे. सी. पेन्नी से आगे निकल आये हैं हम!"

"ओह सॉरी..."

उसने गाड़ी को मोड़ लिया और उस विशाल-शॉपिंग काम्पलेक्स के सामने खड़ी कर दी। थकी हुई आवाज़ में बोला, "तुम जाकर सामान ले आओ! मैं बस थोड़ा रिलैक्स हो लेता हूँ।"

राधिका ने उसे अजीब-सी नज़रों से देखा और उतर गयी। उससे रुपये ले भागती हुई राधिका को देखता हुआ वह कुछ आराम से पसर गया। आँखें मुँद गयीं।

"प्रार्थना करो कि परीक्षा में अच्छे अंक आएँ...। सीधे साष्टांग प्रणाम करते नहीं बनता?" पिता का स्वर।

"सद्‌बुद्धि दो हे प्रभो! अच्छी विद्या, अच्छी नौकरी...।" साष्टांग प्रणाम करते वक़्त फ़र्श की ठण्डक छाती में उतर गयी।

"बुज़ुर्गों की सेवा का अवसर भी माँग लो। यूँ ही नहीं मिल जाता!"

"ये बातें कहीं माँगी जाती हैं? यह तो उसकी बुद्धि की बात है। दसवीं का इम्तहान दे रहा है लौंडा और आप अपनी याचिका लिये पहुँच गयीं। रहोगी मूर्ख की मूर्ख..."

वह चौंक गया। किसे डाँट पड़ रही है?

राधिका थी सामने।

"हाय डैड? ऑर यू ओ.के...?"

"ओह श्योर!" उसने जल्दी से आँखें मलीं और गाड़ी आगे बढ़ायी।

सिर में हल्का-सा दर्द हो रहा था। पेट में जैसे कुलबुलाहट होने लगी थी। लगा जैसे किसी साक्षात्कार में उसे जाना है।

यह समय कौन है? अतीत या वर्तमान? राख के नीचे दबी आँच नयी है या पुरानी? यह कैलिफोर्निया है या कुम्भकोणम?

चौड़ी सड़क को पार कर बायीं ओर गाड़ी मोड़ दी। एक ही-से बने मकान! नर्सरी टाइम की किताब याद आ गयी।

सड़क पर चलते बच्चे, माँ की उँगलियाँ थामे, गर्व से फुदकते बच्चे!

"सारे जहाँ से अच्छा...।"

राधिका ने देखा।

"ऑर यू ओ. के.?" उसने फिर पूछ लिया।

उसे लगा, उसका मुँह जबरन खुलवाकर चुइंगम बाहर फेंक दे।

वह माँ के साथ चलता रहा। धीमे से बोलता रहा वह—दूर दिख रहे मन्दिर के कलश को तथा धूल में खेलते बच्चे को देखता! माँ की साड़ी का आँचल फटने लगा था।

"इतनी दूर क्यों जाओगे राघव? अभी जहाँ पर हो नौकरी तो अच्छी है।" माँ के स्वर में हल्का-सा भय था।

"वहाँ अच्छी तनख्वाह होगी माँ..."

"अपना घर-बार, लोगों को छोड़कर वहाँ कमा भी लोगे तो क्या होगा? मैं तो सोच रही थी, तू यहीं रहेगा।"

भीतर एक खीझ उभर आयी। "उसकी इच्छा है माँ। आप लोगों के पास तो किट्टा है न। हमें तो अपनी ज़िन्दगी के बारे में भी तो सोचना है। हर साल आऊँगा। फ़िक्र मत करना!"

माँ ने आँचल ओढ़ लिया। "ईश्वर रक्षा करे" माँ ने एक लम्बी साँस ली।

किसी ने किसी की रक्षा नहीं की। माँ ने ईश्वर के अलावा किसी पर भरोसा नहीं किया।

घर लौटा तो किसी को बैठे देखा।

विजी के स्वर में उत्साह था। "ये मि. रामस्वामी हैं। वर्कले में हैं, दस साल से। हमें तो पता ही नहीं चला।"

रामस्वामी ने गर्मजोशी से हाथ मिलाया। लहज़ा राधिका का-सा था।

बस इतना ही तमिल में बोले, "मैं तिरुच्ची का हूँ।" बाद में कुछ नहीं...।

विजी ने इस नये परिचित का स्वागत ड्रिंक्स से किया।

राधिका और शीला अपने कमरों में टी. वी. में उलझी थीं।

दो-तीन पेग पीने के बाद मन हल्का हो गया। "रामस्वामी, आपको अमेरिका आये कितने साल हो गये?"

"बारह।"

"टू बैड! टू बैड!" राघव ने सिर हिलाकर कहा।

"आपको?"

"पन्द्रह साल! अब तो मेरी समझ में नहीं आता विजी, मैं भारतीय हूँ या अमेरिकन?"

विजी ने जवाब नहीं दिया। रामस्वामी की आँखों में वैसा ही कुछ था।

"मुझे तो मैं खुद अजनबी लगने लगा हूँ। आपको भी क्या ऐसा लगता है?"

"बस भी कीजिए। अब और मत लीजिए।"

"एक मज़ेदार बात सुनाऊँ, मुझे वह निकर वाली उम्र खूब याद है। पिताजी की डाँट, माँ का दुलार, भारती के गीत...। आप जानते हैं?"

"मैं तो तमिल भूलने लगा हूँ।"

"गुड! यह तो अच्छी बात है।"

"विजी दिल्ली की है। तमिल लिखना तक नहीं जानती। मेरे पिताजी दिल्ली की लड़की से रिश्ता के खिलाफ़ थे।"

"मि. रामस्वामी, आप इनकी बातों को अन्यथा न लें। ही इज़ ए विट टिरमी।"

"भारत में दो टके की नौकरी मिलती है। दिल्ली वाली लड़की की ज़िद थी, कि अमेरिका में ख़ूब तनख्वाह मिलती है। इसलिए नौकरी वहीं की जाए। मेरे माता-पिता रूढ़िवादी थे। अब आप ही बताइए, कुम्भकोणम में रहनेवाले कैसे होते होंगे? भारत में रहती तो उन्हें झेलना पड़ता। यहाँ आ गये। वहाँ भाई के सिर पर सारा बोझ उलट दिया। शी मेड मी टु इट! दिस वुमेन..."

"राघव, प्लीज़ रिलैक्स! भारत लौट जाइए न।"

"नहीं। मैं अब वहाँ अजनबी हो गया हूँ। वहाँ तो चिट्ठी-पत्री तक का नाता नहीं रहा।"

वह सहसा फूट-फूटकर रोने लगा।

रामस्वामी उठ गये।

"एक बार घर हो आइए, मिसेज़ राघव।"

"जाना तो है। हर साल कोई न कोई अड़चन आ ही जाती है। आज कुछ ज़्यादा हो गयी। इतने अपसेट तो कभी नहीं हुए...।"

उसका चेहरा अपमान से लाल हो गया था।

"मैंने इन्हें कभी नहीं कहा। इतना प्यार था घर वालों में, तो वहीं रहते। मुझे दोष क्यों दे रहे हैं?"

उसकी आँखों में उभर आये आँसुओं को देखकर उन्होंने उसके कन्धे थपथपा दिये।

राघव बाथरूम में उल्टियाँ कर रहा था। विजी दरवाज़े के पास आ गयी।

"आपने इतनी क्यों पी ली?"

"दी तो तुमने थी..."

"हर बात का आरोप मुझ पर। आपकी अक्ल को क्या हो गया?"

वह चुपचाप लेट गया। सिर भन्नाने लगा था।

"डैम दैट रामस्वामी।" ज़ोर से बोला। "भाषा तक भूल गया। कितने शर्म की बात है!"

"आप सोएँगे या नहीं...!"

उसने आँखें मूँद लीं।

"चौके में क्या कर रहे हो?" पिताजी का स्वर।

"महरी राख माँग रही है।"

"ज़रा देखकर, आँच होगी नीचे! हाथ जला लोगे।"

लगा उँगलियाँ जल गयी हों।

टेलीफ़ोन की घण्टी पर हड़बड़ाकर उठ गया।

"हैलो!"

"भैया?"

बिजली कौंध गयी।

"किट्टा...।"

"हाँ, दो दिन से कोशिश कर रहा हूँ। लाइन नहीं मिल रही थी। पिताजी नहीं रहे..।"

मन जैसे जड़ हो गया।

"मैंने केबिल दिया है। तुम्हारी प्रतीक्षा कब तक करता, सो दाह-संस्कार आज कर दिया। बाक़ी काम तुम आकर कर देना। तुम तो मम्मा के वक़्त भी नहीं आये...।"

"आऊँगा किट्टा...।"

"पिताजी की इच्छा थी कि उनके फूल गंगा में बहा दिये जाएँ।"

"क्या?"

"राख..."

लाइन कट गयी। यह भूत है या वर्तमान? सपना है या सच?

उसने विजी को जगाया।

नरबलि

गंगाराम खिड़की की सलाख़ों से दिखते लाल दहकते गुलमोहर के पेड़ को देखता रहा। ख़ूब फूल आया था दरख़्त। एक साल हो गया है उसके विवाह को। तब भी तो इसी तरह यह दरख़्त फूला था। जब शारदा को, अपनी चारु को, ले आया था।

कितनी जल्दी बीत गया एक साल। उस एक साल का एक-एक क्षण कितनी ख़ूबसूरती से गुज़रा है। वह सचमुच सोचकर मुग्ध हो गया। पर बदले में क्या दे पाया उसे! प्यार का प्रदर्शन कम शब्दों में ही कर पाया था, उसे अपनी बाँहों में समेटकर ही वह प्यार का प्रमाण जुटा पाया था। काँच की चूड़ियाँ भी नहीं दिलवा पाया। गंगाराम ने होठ काट लिये। यह भी नहीं कर पाया, तो विवाह क्या ज़रूरी था उसके लिए! यह सब ममा की करतूत थी। उसी की ज़िद थी कि सब कुछ वक़्त पर हो जाना चाहिए। लड़कीवालों से रक़म ऐंठ ली और शारदा को सौंपकर चलता बना।

गंगाराम की अक़्ल पर भी तो पत्थर पड़ गये थे। शारदा को उसने देखा नहीं था, पर उसके बारे में सुनकर ही, उसकी देह जलने लगी थी। तो क्या करता, उसे पाने के लिए यही रास्ता बचा था। तब पेट की चिन्ता किसे थी। ठाकुर की नौकरी थी। ठाकुर इतना तो दे ही देते थे कि दोनों को दो जून रोटी का जुगाड़ हो जाता था।

एक दिन ठाकुर विलाप कर रहे थे। सरकार ने उनकी आधी ज़मीन हथिया ली थी और वहाँ सरकारी दफ़्तर बनने वाला था। गंगाराम को तब बात पूरी समझ में नहीं आयी थी। यह कैसे सम्भव है। दो पीढ़ियों से जो ज़मीन ठाकुर के पास है, वह सरकार की कैसे हो गयी? कुछ पढ़े-लिखे लोगों ने बताया कि आजकल ऐसी गुण्डई होने लगी है। यही नहीं, इसके लिए कोर्ट-कचहरी जाने का भी कोई फ़ायदा नहीं। कुछ भी हो मुँह सीकर जीना पड़ेगा। बस ऊपर बैठे अधिकारी नाराज़ न हों। यही बहुत है। गंगाराम की समझ में कुछ नहीं आया।

ठाकुर का प्रलाप देखकर उसका मन पिघल गया। ठाकुर ने जब उसकी और कुछ और मज़दूरों की छुट्टी कर दी तो उसे बुरा नहीं लगा। पर कुछ दिनों के बाद

भी चारु और उसकी रोटी का पूरा जुगाड़ नहीं हो पाया। लेकिन जब उसने देखा कि ठाकुर की तोंद और पान चबाते जबड़ों में कोई अन्तर नहीं आया, तो वह समझने लगा कि सरकारी कार्यवाही का असर ठाकुर पर कम लेकिन उस पर ज़्यादा पड़ा है।

चारु होशियारी से गृहस्थी चलाती रही। पिछवाड़े में साग-सब्ज़ियाँ उगाती। टोकरियाँ बुनने लगी। पर पेट की ज्वाला शान्त कहाँ हो पायी?

एक दिन चारु के साथ वह बैठा था कि तुकाराम वहाँ आया। उसने बताया कि ठाकुर के यहाँ चारु को नौकरी मिल सकती है। खाना अलग, तनख्वाह तो मिलेगी ही। मुँह लटकाने से क्या होगा? 'वक्त देखकर काम किया करो' उसने कहा। गंगाराम उसी क्षण चारु को लेकर ठाकुर के यहाँ गया। कपड़ा धोना, बर्तन चौके के तीस रुपये, खाना अलग। मालकिन ने सख़्ती से कहा था। गंगाराम को तो जैसे खज़ाना मिल गया। हाथ जोड़कर दोनों लौटे तो ठाकुर परिवार की उदारता बखानते नहीं थके। चारु अगले रोज़ से काम पर जाने लगी। वह खाना उसके लिए भी लाती, थोड़ा-बहुत पका लेते। गृहस्थी की गाड़ी चल निकली।

गंगाराम के मन में लगातार कुछ खटकने लगा था। कब तक जोरू के हाथ का खाता रहेगा? नौकरी के लिए कहाँ-कहाँ भटकता रहा। पर नहीं मिल पायी। कुछ काम भी शुरू करना चाहता तो समस्या पैसे की आती। किसी तरह हिम्मत जुटाकर ठाकुर से कहा तो वे बिगड़ उठे। अपनी ज़मीन गँवाकर बैठे हैं, ऐसे में किसकी सहायता करेंगे वे? चारु को काम पर इसीलिए तो रखा है कि उसे मदद मिल जाएगी।

वे हाथ हिलाकर बातें करते रहे, वह उनके रेशमी कुरते और हीरे की अँगूठी की चमक देखता रहा।

क्यारियों की देखभाल करता। ख़ाली वक़्त में गुलमोहर के दरख्त को देखता रहता। वह ऊबने लगा था। चार मोहल्लों के इस गाँव में उसका भविष्य भी क्या था? वहाँ मन के निर्मल ठाकुर ही थे। फिर भी चारु के तीस रुपयों में भविष्य का निर्माण तो हो नहीं सकता। कल बाल बच्चे होंगे तो चारु काम पर कैसे जा पाएगी? बच्चे तो होंगे ही।

काम के लिए हाथ बढ़ेंगे तभी न घर पर कुछ पैसे आएँगे। पर अभी इस समस्या का क्या करे?

दरवाज़ा खुलने की आवाज़ आयी। चारु भीतर आ गयी। चेहरा लाल हो गया था। उसे तरस आ गया। बेचारी धूप में चलकर आयी होगी। पर उसे ख़ाली हाथ देखकर उसे आश्चर्य हुआ।

"खाना नहीं लायी आज?"

वह उसकी गोद में सिर रखकर फूट-फूटकर रोने लगी। क्या हुआ इसे, वह चौंक गया।

"क्या बात है चारु?"

वह रोती रही।

"भले ही भूखों मर जाएँ, मुझे ठाकुर के यहाँ मत भेजना।"

"क्या हुआ?"

"ठाकुर ने मुझे यूँ ही काम पर नहीं रखा है। मालकिन आज बाहर गयी थीं। ठाकुर ने मेरी इज्जत पर हाथ डालने की कोशिश की..." गंगाराम की आँखें लाल हो गयीं।

"उसकी इतनी हिम्मत?"

वह तेज़ी से उठा। हँसिया लेकर बाहर निकला। शारदा काँप गयी। सिर पीट लिया उसने, "ये क्या कर रहे हो? तुम तो मुझे अकेला छोड़कर जेल चले जाओगे। हम तो बच गये न! अब आगे की सोचो।"

गंगाराम ठण्डा पड़ गया।

"तो तू ही बता मैं क्या करूँ? मुझे तो काम भी नहीं मिला।"

फिर वह हिचकता हुआ बोला, "एक काम करो, कुछ दिन तुम माँ के घर जाकर रहो। लखनऊ पास ही है, मैं वहाँ जाकर कोई न कोई काम तलाश लूँगा। कुछ पैसे भी जुड़ जाएँगे। फिर वहीं कोई धन्धा शुरू करेंगे।"

कहना आसान था, कोई समस्या जैसे नहीं थी। पर चारु के मन में ढेरों भय थे।

"क्या ज़रूरी है कि वहाँ काम मिल जाएगा? मिले भी तो तुम जहाँ दो पैसे हाथ आये, मुझे भूल जाओगे।"

गंगाराम ने उसे गले से लगा लिया।

"मेरे बारे में इतना सोच लिया! कभी ऐसा कुछ किया है मैंने? चारु को भला कैसे भूलूँगा मैं?"

भविष्य एक शैतान की तरह सामने था, पर एक-दूसरे के स्पर्श के आख्यान में खोये रहे वे। पेट की आग जब धधकने लगी, तो पिछवाड़े से प्याज और मूली उखाड़ लायी। मक्के के आटे की रोटी बना दी। वे लोग लखनऊ की बातों में खो गये। उसने सामान बाँधना शुरू कर दिया। बीस रुपये तब तक जमा हो गये थे। सफ़र के लिए इतना तो काफ़ी था। वे लोग घर पर ताला डालकर निकले। गंगाराम का सुझाव था कि किसी को बताये बगैर वे दोनों वहाँ से निकल लें। कोई सवाल करेगा तो क्या जवाब देगा।

चारु को उसकी माँ के घर छोड़कर लौटने लगा, तो जैसे उसे पक्का विश्वास था कि लखनऊ में उसे नौकरी मिल ही जाएगी। चारु के घरवालों ने उसकी ख़ूब

आवभगत की। जैसे वह लखनऊ नहीं, विदेश जा रहा हो। लखनऊ वाली बस में बैठ गया तो उसकी कँपकँपी छूटने लगी। क्या करेगा वहाँ? चारु के बिना कैसे रहेगा—इतने बड़े शहर में...?

बुरा हो ठाकुर का। वह ठीकठाक होता तो यहाँ क्यों आता। पैसे के दम्भ पर फूलता है, कमीना। लखनऊ में उसे काम मिल जाए और वह भी ठाकुर की तरह पैसेवाला हो जाए तब भी वह घमण्ड में नहीं फूलेगा। उसकी कल्पना का संसार फैल गया। खनकती चूड़ियों और बनारसी साड़ी में चारु घर पर राज करेगी। ढेर सारे बच्चे होंगे। बुढ़ापे में इन दोनों की ज़िम्मेदारी उठाएँगे...चेहरे पर मुस्कुराहट लिये वह और चारु...किसी ने उसे झिंझोड़कर उठाया। वह चौंककर उठा। आँखें मलकर चारों ओर देखा।

"लखनऊ आ गया। उठो। ऐसे ही सोते रहोगे तो काम कर चुके... ।"

वह हड़बड़ाकर बस से उतरा। चारों तरफ़ देखा। अरे, इतना बड़ा शहर, यह शोर, इमारतें... । वह सहमा-सा सड़क के किनारे चलने लगा। हलक सूखने लगा, तो एक फ़ुटपाथ में गुमटी में चाय का कुल्हड़ ले लिया। वहीं कोने पर बैठ गया। अँधेरा होने तक बैठा रहा। ससुरालवालों ने अचार-रोटी बाँध दी थी, वही खाकर चुपचाप फुटपाथ पर ही सो गया।

दो दिन भटकता रहा। किस-किस से पूछता रहा। लखनवी जुबान उसकी समझ से परे थी। वह नहीं समझ पा रहा था उन्हें। हाथ का पैसा भी ख़त्म होता रहा। एक दिन में चार रुपये तो ठुँक जाते थे। उसे पहली बार लगा उसके सपनों की तो नींव ही कमज़ोर है।

चौथे दिन हज़रतगंज में वह बीड़ी सुलगाता बैठा था। तभी एक हाथ उसके कन्धे पर पड़ा। वह चौंक गया। पैण्ट-शर्ट पहने एक शख़्स था, मुस्कुराता हुआ।

"क्यों भई, सुबह-सुबह यहाँ क्या कर रहे हो? काम-धाम नहीं है क्या?"

"काम ही तो ढूँढ़ रहा हूँ, सा'ब।"

सफ़ेद शर्ट वाला हँस दिया।

"तो ये बात है? नये लगते हो।"

गंगाराम ने सारी कथा कह सुनायी। वह सुनता रहा, चुपचाप।

"पहले मिल जाते तो अच्छा रहता। ख़ैर, अब भी कुछ नहीं बिगड़ा। मेरे साथ चलो, काम दिलवा दूँगा।"

गंगाराम तो जैसे हक्का-बक्का रह गया। भगवान् के दर्शन हो गये हों जैसे?

"कहाँ, सा'ब?"

"मेरे साथ चलो तो। मैं ले चलता हूँ।"

गंगाराम ने पोटली बग़ल में दबायी और साथ चल पड़ा।

"वो देखो, वहाँ मिलेगा काम तुम्हें।"

गंगाराम भौचक्का रह गया।

"इतनी बड़ी हवेली? यहाँ क्या काम होगा?"

"तुम अब मुँह बन्द करो। तुम्हें दो सौ रुपये महीना दिलवाऊँगा।"

"दो सौ...?"

गंगाराम चुपचाप उसके पीछे चलता रहा।

उस सफ़ेद इमारत के भीतर उसे ले जाया गया। वह समझ नहीं पा रहा था कि उसे यहाँ काम क्या करना होगा।

"यह रहा डॉक्टर का कमरा। भीतर आओ।"

वह भीतर गया।

सफ़ेद शर्ट वाले ने सलाम किया।

"एक आदमी को लाया हूँ।"

"शाबाश" डॉक्टर बोला। "मैं जानता था, तुम होशियार हो।"

डॉक्टर ने ज़ेब से पाँच का नोट निकालकर सफ़ेद शर्ट वाले को दिया।

"यहाँ अँगूठा लगाओ।"

गंगाराम ने अँगूठा लगाया। उसे दूसरे कमरे में ले जाया गया। वहाँ उसे खाट पर लिटा दिया गया।

"क्या हुआ है मुझे?"

"पता चल जाएगा। लेट जाओ।"

सुई की चुभन उसने महसूस की।

"मुझे काम..." वह कुछ कहता कि बेहोश हो गया। आँखें खुलीं तो दूसरे कमरे में था। दर्द हो रहा था कहाँ, वह समझ गया। जैसे घबरा गया। शरीर थकान से चूर हो गया था। कल तक तो भला-चंगा था, आज यह क्या हो गया।

डॉक्टर आ गये थे।

"क्या हुआ डॉक्टर?"

डॉक्टर ने उसकी पीठ सहला दी।

"कुछ ख़ास नहीं। थोड़ी-सी परेशानी थी तुम्हें। अब ठीक हो गयी। दो दिन काम-धाम मत करना।" उसे जैसे कुछ याद आया।

"डॉक्टर साहब, मुझे नौकरी कब मिलेगी?"

"नौकरी? अरे तेरी वजह से तो मेरी नौकरी बची है।"

डॉक्टर की हँसी को वह समझ नहीं पाया। पर आसपास के लोगों से वह इसका मतलब पूछता रहा।

उन लोगों ने होठ बिचका दिये। उन लोगों ने उससे पूछा, वह यहाँ कैसे आया? क्या-क्या हुआ उसके साथ...

उसे जितनी बातें याद थीं, बता दिया। यह भी बताया कि उसे कहाँ दर्द हो रहा है।

"तो यह ऑपरेशन है!"

"कैसा ऑपरेशन?"

"अब तुम्हारे बच्चे नहीं होंगे।"

उसने जैसे आँच पर पाँव रख दिये।

"बच्चे नहीं होंगे? पर मेरे तो बच्चे नहीं हैं। ऐसा क्यों किया?"

"कौन पूछेगा इनसे! कितने ऑपरेशन हुए हैं, पता है? डॉक्टरों की तनख्वाह रुकी पड़ी थी, इसकी वजह से। जो मिला सबका ऑपरेशन करवा दिया।"

गंगाराम तैश में आ गया।

"डॉक्टर को नहीं छोड़ूँगा मैं...।"

लोगों ने उसे रोका, "मूर्ख हो तुम! क्या कर पाओगे उसका? कुछ भी करोगे तो जेल जाओगे। चुपचाप रास्ता नाप लो।"

चारु ने भी यही कहा था।

कुल मिलाकर वही नहीं, उसके वर्ग के लोग कमज़ोर हैं। वे लोग अन्याय का विरोध नहीं कर सकते। ये लोग भी चुपचाप सिर झुकाकर अन्याय को सहते हैं। नपुंसक हैं, साले।

उसे अपनी कल्पना में घर, बच्चे याद आये। वह रोने लगा। वह तब कहाँ समझ पाया था कि उनके आँसुओं में इतनी ताकत है कि एक सरकार का तख़्ता पलट सकता है।

एच्चुमी

एच्चुमी ने आँखें फैलाकर वानति को देखा।

"यह भी कोई नाम हुआ! वनिता नाम तो सुना है। सुना है, एक हीरोइन भी है इस नाम की। पर वानति नाम तो कभी नहीं सुना।"

वानति को हँसी आ गयी एच्चुमी पर, उसके छोटे-छोटे आश्चर्य पर। तेल चुपड़े बालों की कसी चोटी, केले की छाल की डोरी में बँधी। ढीला-ढाला ब्लाउज़ जो उसके अंगों के परिमाप का आभास तक नहीं होने दे रहा था। चिन्नालपट्टी की तेल के दागोंवाली धोती। साफ़ चेहरे पर दुनिया भर के अज्ञान को ढोनेवाली बड़ी-बड़ी आँखें।

"कल्कि का नाम तो सुना है? कहानियाँ लिखते थे। हमारी अम्मा को उनकी कहानियाँ पढ़ने का शौक था। उनके उपन्यास में एक पात्र है उसका नाम वानति है।"

"तभी तो! नाम सुना-सुनाया नहीं लगता। अब देखो न, मोहल्ले के नाम कितने सच लगते हैं, एच्चुमी, गोपू, सरसु, सम्भा, अम्बुलु...। वानति को हँसी आ गयी। "सच तो मैं भी हूँ वानति।" ब्रश हाथ में लेकर पूछ लिया—"दाँत कहाँ माँजना होगा?"

"आइए मेरे साथ।"

काफ़ी लम्बा था—अँधेरा। हर चौखट को फलाँगते वक़्त सिर झुकाना पड़ता था। सहसा धूप की शहतीर चमक गयी और आँगन के बीचोंबीच एक कुआँ नज़र आया। आँगन के कोने पर बने तुलसी चौरे के पास एक बूढ़ी औरत रुद्राक्ष की माला फेर रही थी।

"कौन है लक्ष्मी?"

"वही जिन्हें दिल्ली से आना था...।"

"कौन सुब्बुणी की पोती?"

"हाँ, दादी।"

"क्यों री, रामू ठीक-ठाक तो है?"

वह जाने क्या सोच रही थी कि एच्चुमी ने उसे कोहनी मारकर

चेताया—"आपसे ही पूछ रही हैं।" वह समझ गयी कि वह पिता वेंकटरामन के लिए पूछ रही हैं।

"ठीक हैं, दादी।"

दादी ने उसकी ओर देखे बगैर अगला सवाल दाग दिया।

"यहाँ कुछ लिखने के लिए आ रही थी।"

वानति को संकोच हो आया। मन की योजनाओं को यहाँ खुले आँगन में क्या कहे! वह भी दादी से जो देख कहीं और रही हैं, सवाल उससे कर रही हैं।

"ओह दादी, वह सब बाद में पूछ लेना। अभी-अभी तो आयी हैं। दाँत तक नहीं माँजे, न कॉफ़ी ही पी है।"

"ठीक है। पहले कॉफ़ी पिला दो। बातें फिर कर लेंगे।"

दादी के स्वर की आत्मीयता उसे कहीं छू गयी। पर आँखें उस पर कहाँ थीं!

"दादी को नहीं दिखता।" एच्चुमी ने फुसफुसाकर कहा।

भीतर एक हल्की-सी रेखा फैल गयी—सहानुभूति की। एच्चुमी ने कुएँ से पानी खींच दिया।

"वहाँ, उस कोने पर कुल्ला कर लीजिए।"

मार्बल टाइल्स और वॉश बेसिन की आदत के बावजूद उसे लगा यह जगह साफ़ है, हालाँकि पुरानी जगह है।

"बाथरूम कहाँ है, एच्चुमी?"

"यहाँ तो वैसा कुछ है नहीं। हम लोग तो यहीं नहाते हैं कुएँ के पास?"

"यहाँ?" वह चौंक गयी। आँगन के चारों ओर दरवाज़े थे। किस-किस दरवाज़े को बन्द करे?

"आप चिन्ता नहीं करें। आप जब नहाएँगी तो मैं यहाँ निगरानी पर रहूँगी।"

वह हँस पड़ी। चेहरा धोकर वह वापस लौटी। एच्चुमी वहीं थी—साबुन और तौलिये के लिए पूछती।

"एच्चुमी, हो सकता है इसे सुबह नाश्ता करने की आदत हो। अम्मा से कहना इडली बना दे।"

"ठीक है, दादी।"

"मेरे लिए परेशान होने की ज़रूरत नहीं है, एच्चुमी। यहाँ का जो रिवाज़ हो वही मैं भी निभा लूँगी।"

"हम लोग दस बजे खाना खा लेते हैं।"

"तो मुझे भी कोई परेशानी नहीं।"

चौके में हल्का-सा अँधेरा था। एच्चुमी की माँ रुक्मणी किसी छाँह की तरह चौखट पर खड़ी थी।

"कॉफ़ी पी लो बेटी।"

उसके स्वर की आत्मीयता ने उसे हल्के आश्चर्य से भर दिया। उसे लगा यह इन लोगों का ट्रेडमार्क होगा या फिर ख़ास विशेषता।

कॉफ़ी का स्वाद उसके लिए नया था। "पता नहीं आपको गुड़वाली कॉफ़ी पसन्द है या नहीं।" एच्चुमी ने कहा।

उसने औपचारिकता वश कह दिया—"अच्छी बनी है।"

"सुना है, कुछ शोधकार्य करने आयी हो? कैसा शोध?"

रुक्मणी एक पाँव दीवार पर टेककर खड़ी थी। साड़ी कुछ खिसक गयी थी वहाँ से! गोरे पैर अँधेरे में चमक गये।

"गाँवों में महिलाओं की स्थिति में क्या परिवर्तन हुआ है। दो पीढ़ियों के परिप्रेक्ष्य में यह शोध करना है।" वह आगे भी कुछ कहना चाह रही थी, पर वे लोग समझ भी पाएँगे या नहीं यह शंका उसे चुपा गयी।

रुक्मणी के अधरों पर हल्की-सी मुस्कान फैल गयी।

"क्या परिवर्तन हुआ है? यहाँ चालीस वर्षों से हूँ। मुझे तो कोई फ़र्क़ नहीं नज़र आता। जबसे यहाँ आयी हूँ, यहाँ पुताई तक नहीं हुई है।"

"मुझे बाहरी परिवर्तनों पर काम नहीं करना। मैं तो मानसिकता के फ़र्क़ की बात कर रही थी।"

"हुँ। क्या फ़र्क़ पड़ गया?" रुक्मणी के स्वर में खीझ थी।

"हमेशा से ही चारदीवारी में क़ैद रहनेवाली औरतों में परिवर्तन हो भी क्या सकता है?"

स्वर की आत्मीयता ने जितना चौंकाया था, इस खीझ ने उसे और चौंका दिया।

खाते वक़्त रुक्मणी और दादी की मेहमाननवाज़ी ने उसे तो मुग्ध कर दिया। पहली बार लगा चचेंड़े की सब्ज़ी और खालिस रसम का स्वाद इतना रुचिकर हो भी सकता है।

"मैं देख तो नहीं सकती बिटिया। बस समझ लो, अपना ही घर है, ठीक से खा लेना।"

उस आत्मीयता में वह डूब गयी। दादी को देखा। उन ज्योतिहीन आँखों को पहली बार देखा तो कुछ चौंकी। पता नहीं कितनी रहस्यमयी थीं वे। कुछ भयानक भी। प्राकृतिक रूप से अन्धी आँखें नहीं थीं वे। किसी तरह खाकर उठ गयी। एच्चुमी अभी खेत से लौटी नहीं थी।

"तुम थोड़ा आराम कर लो। तीन दिन के सफर में थक गयी होगी।"

वह अपने कमरे में चली आयी। यह कमरा ख़ास उसके लिए ख़ाली किया गया था। जब उसने किसी गाँव में रुकने की बात कही तो पिताजी ने अपने इस गाँव की चर्चा की थी। रिश्तेदार भले ही न हों, पर बाबा के मित्र वहाँ थे।

वह सोकर उठी।

एच्चुमी श्लोक गुनगुना रही थी। कुछ देर उसे देखती रही फिर उठकर ओसारे के पास खड़ी हो गयी। हवा ठण्डी थी। उसे लगा कुछ दूर टहल आए।

"क्यों दीदी, सो लीं?"

"हाँ, चलोगी? थोड़ा टहल आएँ?"

"कहाँ? बाहर? संझाबाती के बाद बाहर नहीं निकल सकते।" एच्चुमी की आँखें फैल गयीं।

"क्यों?"

"यहाँ का रिवाज़ है यह।"

वह खीझ गयी। छिः कहाँ आ फँसी वह?

एच्चुमी उसके पास आ खड़ी हुई। उसे आश्चर्य हुआ कि इतनी चुस्त लड़की यहाँ की इस ठहरी ज़िन्दगी में कैसे खप जाती है!

"दिल्ली बहुत अलग शहर होगा?"

"हाँ...।"

"कैसे?"

"शहर बड़ा है। कई तरह के, कई भाषाएँ बोलनेवाले रहते हैं वहाँ। गाँव के नियम क़ानून नहीं हैं। लड़कियाँ पढ़ी-लिखी हैं। वे भी आदमियों की तरह नौकरी करती हैं।"

वह रुक गयी। चाहे जैसे समझा ले, एच्चुमी इस फ़र्क़ को कैसे समझेगी? एक युग का-सा फ़र्क़ है यहाँ।

"समझ गयी। तुम अकेली दिल्ली से जो यहाँ आ गयीं?"

"एच्चुमी, यहाँ कोई स्कूल नहीं है क्या? तुमने पढ़ाई नहीं की?"

"है तो। पाँचवीं तक पढ़ती रही। फिर आगे की पढ़ाई के लिए कस्बे तक जाना पड़ता। इतने में सयानी हो गयी।"

उस चेहरे को, उन बड़ी आँखों को देखकर उसके भीतर सहानुभूति उमड़ आयी।

"पढ़ना जानती हो?"

"हाँ, मैया मेरे लिए पत्रिकाएँ लाती हैं? पढ़ती हूँ।"

"आगे पढ़ने की इच्छा नहीं हुई?"

"कुछ सम्भव होता तब ना! इस गाँव में जितनी किस्मत है, उतनी ही इच्छा भी की जाए। ज़्यादा इच्छाएँ बढ़ा लूँ, तो समझ लो, आँखें फोड़ दें।"

उसे जाने क्यों लगा स्वर कुछ कठोर हो गया है।

"दिल्ली तो बड़ा शहर है, तुम तो कहती हो, वहाँ पढ़ी-लिखी औरतें हैं। लेकिन मैंने तो पढ़ा है कि वहाँ बहुएँ जलायी जाती हैं दहेज के कारण?"

वानति ने उसे देखा। "हाँ..." पता नहीं यह लड़की इसका कारण समझ पाएगी या नहीं। कई-कई कारणों को कैसे समझाए।

यह गँवार लड़की समाजशास्त्र क्या समझेगी?

"दीदी, आपने दादी की आँखें देखी हैं?"

देह काँप गयी।

"देखी हैं।"

"पता है, वह अन्धी कैसे हुईं। उनकी ससुरालवालों ने जलती लकड़ी से आँखें फोड़ दीं।"

"अरे? क्यों?"

"वही दहेज। आँखें भी फोड़ दीं और फिर यहीं छोड़ गये। सारा गाँव चुप था। किसी ने इस अन्याय का विरोध नहीं किया। क्या दिल्ली में भी ऐसे लोग हैं?"

वानति की आँखें पनिया गयीं।

"तुम्हारा ब्याह नहीं हुआ, एच्चुमी?"

"हो तो गया।"

उसे आश्चर्य हुआ।

"मेरी कहानी भी तो सुनिए। मज़ेदार है। शादी के पहले ही बहुत भाव-तोल होता रहा। वे लोग दुहरी लड़ की चेन माँग रहे थे, दस तोले की। बाबा ने कहा—कुछ मुश्किल में हूँ। अभी नहीं हो पाएगा। बाद में कभी बनवा दूँगा। वे लोग मान गये। शादी की रात, दुहरी लड़ के लिए फिर ज़िद करने लगे। बाबा क्या करते। मामा के घर से मामी की चेन ले आये। मामी को मरे दो माह ही हुए थे। मेरे लिए अब इसका क्या काम। एच्चुमी ही पहन ले, मामा की ओर से भेंट ही सही। मुझे तो सब कुछ फिल्मी लग रहा था। सास ने चेन हाथ में लेकर तौला। मेरे तो आँसू निकल आये, अपमान के। किसी तरह मुझे सुहागरात के कमरे में धकेला गया। मैं तो वैसे भी परेशान थी। मुझे लगा, वे तो ठीक होंगे। थोड़ा-सा विवेक होगा, उसमें। हाँ उसमें...अब कौन सी इज़्ज़त रह गयी है उसके लिए मन में... ।"

एच्चुमी थोड़ी देर आसमान को ताकती रही। पुरानी यादों में खोयी-सी। फिर सहसा हँस दी।

"पता है, उसने क्या किया! मैं तो सोच रही थी कि फिल्मों के नायक की तरह वह पास आएगा, मेरी ठुड्डी उठाएगा। पर उसने पूछा—दस तोले की होगी न? ज़रा उतारकर दिखाना। बस मेरा तो पारा चढ़ गया। मैंने तो थूक दिया उसके मुँह

पर। दरवाज़ा खोलकर भाग आयी। फिर पलटकर नहीं देखा। फिर गयी ही नहीं।

वानति ने उसे आश्चर्य से देखा।

"क्यों वहाँ जाने, और पति के साथ रहने की इच्छा नहीं होती?"

"इच्छा क्या? वह तो अन्धी होती है। पर आत्मसम्मान भी तो कोई चीज़ है!"

"पर सबके पास वह कहाँ है, एच्चुमी?"

"मैंने तो बचपन से दादी की अन्धी आँखें देखी हैं। उसकी वजह भी जानती हूँ। फिर मैं भी अगर फँस गयी तो...?"

वानति ने उसके हाथ थाम लिये।

"तभी न मेरी माँ कह रही थी कि कोई परिवर्तन नहीं हुआ। दादी भी लौट आयीं। मैं भी...।"

उसकी हँसी जैसे उसे छू गयी। उसका हाथ प्यार से दबा दिया। बोली—"मुझे फ़र्क़ का साफ़ पता चल रहा है, एच्चुमी। यही तो वह फ़र्क़ है, जिसको मैं ढूँढ़ रही थी।"

मन जैसे उत्साहित हो गया। जैसे कोई अप्रत्याशित घटना घट गयी हो।

"तुम अपनी ज़िन्दगी को बंजर क्यों मानती हो। तुमने तो ज़िन्दगी को दिशा दी है।"

"ये लो, वैसे भी सारा गाँव थूकता है मुझ पर...।"

"थूकने दो...।"

"आप तो कह रही थीं दिल्ली बड़ा शहर है...।"

पर उसे लगा, यह व्यंग्य नहीं है।

आधार

वह एक छोटा-सा गाँव था। प्रदेश के नक्शे में उस गाँव का नाम दर्ज़ हो, यह भी ज़रूरी नहीं था। एक ऐसे निपट गाँव को, जहाँ रेलवे स्टेशन भी न हो, जाना और वह भी ताँगे में बैठकर जाना, सुषमा के लिए एक अनुभव था। रास्ते के दोनों ओर फैली हरियाली को देखकर मन जैसे उड़ने लगा। हरे-भरे खेतों के बीच से बहती वह पहाड़ी नदी!

"कितना सुन्दर है, तुम्हारा गाँव!"

बाहर फैली हरियाली को गुमसुम ताकता मणि सहसा उसकी ओर मुड़ा और व्यंग्य से बोल पड़ा—"कितनी देर तक इस सौन्दर्य में रम सकोगी? रात तक ऊब जाओगी, देखना।"

"न, बिलकुल नहीं।" उसने निश्चित स्वर में कहा। डालों पर चहचहाते पक्षियों को और इठलाती बहती नदी को देखने लगी।

"यहाँ की हवा में एक ख़ास किस्म की गन्ध है। है न?" उसने भरपूर साँस खींचकर कहा।

उसने बेवजह ही बाहर देखा और मणि की चिन्ता पर सोचने लगी। उसे हल्की हँसी आ गयी। मणि को यहाँ की सुविधाओं-असुविधाओं को लेकर चिन्ता है। अपने घरवालों को लेकर उसमें कुण्ठा है। सबसे बढ़कर सुषमा से किसी नकारात्मक उत्तर की चिन्ता। सुषमा इस पूरी पृष्ठभूमि को उसके साथ जोड़कर कहीं उसे नकार न दे।

जब उसने गाँव के घर जाने की ज़िद की थी, तो वह सचमुच चौंक गया था।

"इसकी क्या ज़रूरत है। क्या करोगी वहाँ? अम्मा और ताऊ दोनों ही नहीं रहे। बस भैया हैं, वहाँ सपरिवार। विधवा जिज्जी हैं। हमारी शादी का इनमें से कोई भी विरोध नहीं करेगा। और न ही यहाँ आने के लिए उनकी कोई ख़ास इच्छा है। खुद मैं वहाँ पिछले चार सालों से नहीं गया हूँ।"

"बस, मैं जाना चाहती हूँ। शादी के पहले एक चक्कर लगा आएँ, क्यों?"

वह हँस पड़ा।

"तो फ़िल्मी हीरोइन की तरह आप उनसे आशीर्वाद लेंगी, क्यों?"

"न, तुम्हें पूरी तरह जानना चाहती हूँ।"

शायद वह इसी वाक्य से घबरा गया होगा। पर वह कहे भी तो कैसे? मन के भीतर का सच तो छिपाये नहीं छिपता।

गाड़ी सड़क छोड़कर पगडण्डी में उतर गयी। ऊँची-नीची पगडण्डी पर हिचकोलें खाते चलती रही। एकाध बार तो वह गिरते-गिरते बची।

"यह सब तुम्हारा ही किया-कराया है।" उसने अँग्रेज़ी में कहा।

वह हँस दी।

"घर कितनी दूर है?"

"पैदल चलो, तो पाँच मिनट का रास्ता है।"

"तो फिर पैदल ही चलें। सामान ताँगे में चला आएगा।" चलना उसे अच्छा लग रहा था। हरे-भरे पेड़; कालीन-से बिछे खेत! ताँगा आगे-आगे चल रहा था। सहसा कोने पर एक पक्का मकान दिख गया। एकदम अकेला मकान : थका, उदास-सा दिखता जर्जर मकान! उसे लगा, कोई पुराना मन्दिर है।

"यही हमारा मकान है।" वह बोला।

वह चौंक गयी।

"पर यहाँ तो आस-पास कोई नहीं दिख रहा?"

"होंगे सब भीतर।"

थे! सचमुच ही भीतर थे। ताँगे की आवाज़ पर सब भीतर से निकल आये। बच्चों-बूढ़ों की एक पूरी भीड़ बाहर जुट आयी। उन दोनों को देखती हुई, मौन।

सुषमा ने मुस्कुराकर सहज होने की चेष्टा की।

मणि कुछ आगे बढ़कर एक प्रौढ़ महिला के सामने खड़ा हो गया।

"कैसी हो, भौजी?"

भाभी सँभल गयीं।

"ठीक हूँ। यही है न वह लड़की, जिसके बारे में तुमने लिखा था?"

"हाँ, यही है सुषमा।"

"भीड़ वैसी ही खड़ी थी, चुपचाप, बेअसर।"

"क्यों भौजी? भीतर तो आ सकता हूँ न?" मणि ने सहज होते हुए कहा।

"अरे, आओ, आओ।"

घर भीतर से काफ़ी फैला हुआ लगा। न कुर्सियाँ थीं न मेजें। इसलिए कमरे बड़े लग रहे थे। सुषमा को लगा, जैसे यह पूरी भीड़ किसी पुराने महल को देखने के लिए आयी हुई यात्रियों की भीड़ है। पर यह भीड़ उसे ही देख रही थी, आँखें फाड़कर!

मणि ने सबका परिचय करवाया।

"यह बड़ी भौजी हैं, यह छोटी। यह जिज्जी हैं।"

फिर उनके बच्चे, कामू, सोमू, किट्टा, यदुगिरि, लक्ष्मी, पारू, गोपू, दुर्गा, नाणा, मीनू...।

आधे नाम तो मणि के ध्यान से ही उतर चुके थे।

भाई परमशिवम और कोदण्डम खेतों की देख-रेख के लिए बाहर गये थे।

बात कौशल्या ने ही शुरू की—"कुएँ पर जाकर हाथ-मुँह धो लो। फिर नाश्ता कर लो।"

"नॉट ए बैड आइडिया..." मणि ने मुस्कुराकर पूछा। "भूख लगी है न?"

"बहुत..."

"कुआँ इधर है।" नाणा आगे भागता हुआ निकला।

दो कमरों के बाद एक टूटा हुआ चौखट और उसके बाद वह बड़ा-सा आँगन। उसी के कोने में एक कुआँ। टूटे-फूटे जगतवाला वह कुआँ। जाने कितने बरसों के रहस्य अपने भीतर छिपाये है। कुएँ के चारों ओर बना चबूतरा, कोने पर कपड़े धोनेवाला पाट। उसी पर एक बूढ़ी औरत बैठी हुई थी। चेहरा विकृत लग रहा था। पुरानी फटी धोती लपेटे, सन की तरह उलझे बाल!

उन लोगों की उपस्थिति से बेख़बर किसी को गालियाँ दे रही थी। मणि सहसा रुक गया।

"यह मेरे पिता की पहली पत्नी हैं। बरसों पहले दिमाग़ चल गया था।" धीमे से बोला।

"पागल है, यह।" नाणा ने कहा। फिर तेज़ी से उसके सामने जाकर खड़ा हो गया।

"ऐ पगली, रास्ता देना। मणि चाचा आये हैं। पैर धोने हैं उन्हें।"

बड़ी माँ धीमे से मुड़ी। चेहरा क्रोध से तमतमा रहा था।

"पागल कौन है रे? तू है, तेरा बाप, तेरी दादी..."

भीतर की भीड़ बाहर आँगन तक चली आयी थी। दस वर्ष से ऊपर के लोग मुँह दाबकर हँस रहे थे। उससे नीचे के बच्चे उसके सामने चीख़ने लगे—"पगली! पगली!"

देह में सनसनी फैल गयी। बड़ी माँ, इन लोगों के बीच एकदम अकेली पड़ गयीं। गालियों की बौछार होने लगी। कौशल्या जिज्जी तेज़ी से आगे आयीं, बच्चों को डाँटकर भगाया और बड़ी माँ के कन्धे छूकर बोलीं—"ये बच्चे पागल हैं। आप चलिए, कमरे में। नाश्ता कर लेते हैं।"

बड़ी माँ शान्त हो गयीं। पर बड़बड़ाती हुई वहाँ से चली गयीं।

सुषमा को सँभलने में वक़्त लगा।

"क्यों भौजी, इन्हें कमरे में बन्द नहीं करतीं?" मणि पूछ रहा था।

मणि ने उसे इनके बारे में कभी नहीं बताया। सुषमा ने मुँह-हाथ धोते हुए सोचा। पर जल्दी ही उन्हें वे दोनों भूल गये। मणि भीड़ में घुल-मिल गया।

चौके से लगे बरामदे में, दो पीढ़े बिछे थे। सामने पत्तल। कोने पर थोड़ी-सी चीनी, इडली, चटनी परोसी गयी थी। कौशल्या जिज्जी ने न न करने पर भी ढेर सारा परोस दिया। भीड़ हँसती रही, बड़ी माँ जाने किस कोने में थीं!

शाम होने पर परमशिवम और कोदण्डम लौटे। परस्पर परिचय के बाद सुषमा को वहीं छोड़, मणि उनके साथ आगे ओसारे पर चला गया।

"आपको चाची कहें?" लक्ष्मी ने पूछा।

"न, सुषमा ही कहना। नाम न लेना चाहो, तो दीदी कहना।" उसने संकोच से कहा।

"अम्मा कह रही थीं, आप चाचा से शादी करेंगी?"

"शादी के बाद रिश्ता जुड़ेगा न। तब बुलाना।"

"ठीक है।"

"थोड़ी दूर घूम आएँ?"

"अरे, अभी तो सँझाबाती जल गयी। घर से निकलने नहीं देंगे। फिर यहाँ निकलना भी ख़तरे से ख़ाली नहीं।"

बीचवाले आँगन से लगे बरामदे में उसके साथ लड़कियाँ ही थीं। भौजी और कौशल्या जिज्जी रात के खाने की तैयारी में लगी थीं। कन्दील की रोशनी में साये लम्बे होकर छतों को छूने लगे थे।

"बड़ी माँ कहाँ हैं?"

"कौन बड़ी माँ...?"

"अरे वही, बड़ी दादी को पूछ रही हैं। वह तो इस वक़्त सो रही होंगी। रात बारह बजे, उनकी नींद खुल जाती है।"

"यह तो अच्छा है कि अड़ोस-पड़ोस में कोई मकान नहीं है।" कामू हँस दी।

"कब से वह ऐसी हैं?"

"पता नहीं, कितने बरस हो गये। ताऊ की शादी के पहले की बात है...।"

"किसी को दिखाया नहीं? कोई इलाज...?"

"इलाज?" यदुगिरि ने कहा, तो सब हँस दीं।

"पगली का भी कहीं इलाज होता है क्या?"

उसे आश्चर्य हुआ।

"क्यों नहीं? वह भी तो बीमारी है।"

"यहाँ तो बुख़ार आ जाए तो इलाज होता है। दिमाग़ चला गया है, वरना दादी तो हट्टी-कट्टी हैं। डटकर खाती हैं, ख़ूब सोती हैं, किसी-न-किसी को गाली देती रहती हैं। बस, उन्हें कोई परेशानी नहीं है।"

"वैसे, वह उन्हीं लोगों को गाली देती हैं, जो अब नहीं हैं।" फिर एक हँसी दौड़ गयी।

"किसे?"

कामू ने हँसकर कहा—"अपने पति को।"

उसके मौन से उन लोगों की हँसी थम गयी।

"उनके बच्चे नहीं हैं क्या?"

"कौशल्या बुआ, उनकी ही बेटी हैं।"

भीतर जैसे कुछ जम गया, बर्फ़ की तरह। दोनों भाभियाँ भी यहीं आ गयीं।

"क्या बातें हो रही हैं? हमारे पास तो बातें भी क्या होंगी? घर से निकलती ही कहाँ हैं हम! फिर अड़ोस-पड़ोस में कोई मकान भी नहीं है।"

"क्यों नहीं है?" पूछ तो गयी, पर उसे लगा कहीं ज़्यादा तो नहीं बोल गयी।

"यह मकान जाने कब का है। इनके परदादा को मिला था। कहते हैं, जब राजा-महाराजा इस ओर शिकार खेलने निकलते थे तो यहीं रुका करते थे। इसीलिए शायद यह एकदम अलग बनवाया गया होगा। वैसे बसें यहाँ से जाती हैं।"

उसे शक हुआ। कभी ये लोग बस में चढ़ी भी होंगी या नहीं।

"हाट चले जाते हैं। कभी महीने में एक बार फ़िल्म देख आते हैं।"

"कौशल्या जिज्जी कहाँ हैं?"

"वो तो चौका कभी छोड़तीं नहीं। उनकी आदत है।"

"उनके पति कितने साल हुए...?"

"हमारी शादी के पहले ही गुज़र गये। इनकी शादी के दो महीने बाद ही। इनका तो गौना ही नहीं हुआ।"

"हाय...। बेचारी...!"

"इनके पति बूढ़े थे। तीसरी पत्नी थीं जिज्जी।"

उसकी आँखें फैल गयीं।

"लेकिन क्यों?"

"उस ज़माने में तो यही होता था। लड़की की शादी हो जाए, यही फिकिर रहती थी। उनके पास जायदाद थी...।"

"पर क्या फ़ायदा! ज़िन्दगी तो बेकार गयी न...?"

"क्या कहें। क़िस्मत की बात है...।"

खाने का वक़्त। बच्चों के साथ पुरुष पहले खाने बैठे। फिर घर की औरतें। आग्रह के साथ खिलाती जिज्जी! इतनी शान्त कैसे रह लेती हैं जिज्जी। कुछ भी तो नहीं देखा, पर चेहरा है कि सपनों में खोया-सा...।

मणि जैसे घर के कायदे-कानून में ढल गया। भाइयों के साथ ही बना रहा। औरतों के पास कई सवाल थे। उसकी उम्र, बचपन, पढ़ाई, शहर, जेवर....

वगैरह-वगैरह। घर के बुज़ुर्ग कौन हैं? उसे गहने पहनने नहीं देते? टोकते नहीं?

इनसे संवाद की यह स्थिति उसके लिए एक अनुभव था। नल या बाथरूम का न होना भी एक अनुभव था।

रात को घर की औरतें मात्र चटाई बिछाकर लेट गयीं। उसने देखा, कौशल्या जिज्जी को ग्यारह बज गये, सोने में।

क्या कभी जिज्जी ने खेत देखे होंगे। पहाड़, नदी...?

सब आराम से सो रहे थे। कैसी सहजता है यह? तीसरी पत्नी के रूप में ब्याहे जाने पर, उस स्थिति को स्वीकार करने की सहजता! ज़िन्दगी शुरू करने से पहले ही, उसके छूट जाने पर एक मुस्कराहट के साथ उसे स्वीकार करने की सहजता! कैसे? कैसे हो पाता है यह? इनकी इच्छाएँ नहीं होतीं? तकलीफ़ें नहीं होतीं? जीवन का कोई आधार नहीं होता?

नींद धीमे से उसके पास पसर गयी। सपने फैलने लगे। वह बैठी है, कपड़े धोनेवाले पाट पर! उसके चारों ओर भीड़ है, कामू, सोमू, गोपू, लक्ष्मी, नाणा...

'पगली। पगली...।'

'पागल मैं नहीं, तू है, तेरा दादा...।'

वह उठ बैठी। कोई ऊँचे स्वर में चीख़ रहा था—"तेरा गला घोंट दूँगी। क्यों किया तुमने ऐसा?"

उसे नींद नहीं आयी। किसी को जगा ले? सब सो रहे थे, निश्चिन्त।

वह धीमे से उठी। आवाज़ की दिशा की ओर बढ़ने लगी। भीतर के आँगन तक पहुँची तो आवाज़ साफ़ सुनाई दी। ऊपर छत पर बड़ी माँ खड़ी थीं। कैसे पहुँची वे ऊपर?

'क्यों रे? तेरा क्या बिगाड़ा मैंने? एक बेटी नहीं जनी तेरे लिए? तेरा घर नहीं सँवारा? जैसा तू कहता रहा, वैसा ही कहती रही। दूसरी शादी क्यों की? हमें महराजिन बना दिया! तेरा गला घोंट दूँगी। सत्यानाश हो तेरा। उस हरामज़ादी को कोढ़ हो जाए...।'

वह चौंक गयी। कितनी घृणा, कितना आक्रोश! रात के सन्नाटे में वह स्वर! वह साया! बड़ी माँ सिर पीटकर रोने लगीं।

सुषमा वहीं खड़ी रही। वे क्या कह रही थीं, समझ में नहीं आया।

अब जिज्जी आ गयी थीं। ऊपर कैसे पहुँचीं? कोई सीढ़ी होगी।

बड़ी माँ को गले से लगाकर वे भी सुबकने लगीं। बड़ी माँ ने रोना बन्द कर दिया और जिज्जी को सहलाने लगीं। फिर आकाश की ओर देखकर चीखीं—"तेरा बाप कसाई था। बारह साल की बच्ची को साठ साल के बूढ़े से ब्याह दिया। नाश हो उसका। तेरह साल में तू इस घर की नौकरानी बन गयी रे, बिटिया। मुझसे नहीं देखा जाता। नहीं सहा जाता।"

कौशल्या चुप रही। रोने की आवाज़ आ रही थी। आँगन में सहसा कोई आया। उसने अपने को छिपा लिया।

मणि...।

ऊपर देखकर चीख़ा, "यह रात में क्या हो रहा है, जिज्जी?"

कौशल्या जिज्जी झटके से उठीं। बड़ी माँ के कान में कुछ कहा, फिर उठकर धीरे-धीरे चली गयीं। मणि वहीं खड़ा रहा।

कुछ ही देर बाद आँगन में दोनों उतर आयीं।

मणि ने गुस्से में कहा, "कितनी बार समझाया इस पगली को ताले में बन्द रखा करो। रात को यह क्या स्वाँग रचा रखा है। चार दिन के लिए घर आया हूँ, आराम से रहने भी नहीं देंगी क्या?"

कौशल्या जिज्जी ने उत्तर नहीं दिया। बड़ी माँ को गले से लगाकर भीतर चली गयी।

"क्या हुआ मणि?" परमशिवम बाहर आये।

"क्या है, भैया। बड़ी माँ को या तो ताले में रखा करिए, या अस्पताल भेज दीजिए।... कैसे रहते हैं आप लोग यहाँ?"

"हमारी तो आदत पड़ गयी। अस्पताल दूर है। फिर ख़र्च भी होगा। जिज्जी भी नहीं चाहतीं...।"

"देख लीजिए, कुछ दिन बाद जिज्जी भी वैसी ही हो जाएँगी। आख़िर बेटी उन्हीं की हैं।"

दोनों की आवाज़ें धीरे-धीरे दूर होती चली गयीं। देर तक नींद नहीं आयी। जिज्जी का अता-पता नहीं था। उनका रोना लगातार याद आ रहा था। कितना शान्त चेहरा है उनका। देवी का-सा चेहरा। उनके आँसू!

बार-बार वह करवटें बदल रही थी।

'इस पगली को ताले में क्यों नहीं रखा?' मणि की यह बात रह-रहकर याद आ रही थी। अँधेरे में उसके चेहरे का भाव नहीं दिखा। वह उसे उजाले में झेल नहीं पाती।

'जिज्जी भी वैसी ही हो जाएँगी। उनकी बेटी जो हैं...।'

तुम तो पढ़े-लिखे हो! पर क्या तुम्हारे ख़ून में इन्सानियत शेष है? बड़ी माँ ठीक कहती हैं। तुम्हारे पिता पागल थे। सामन्तवादी!

लौटते हुए वह खुश था। "भैया को तुम बहुत पसन्द आ गयीं। भाभी कह रही थीं कि अगर शादी की तारीख पहले से पता चल जाए तो वे ज़रूर आएँगे।"

वह नाखून कुतरती रही।

"मणि, मैं फिलहाल शादी के मूड में नहीं हूँ।"

"क्या मतलब?"

"मैं तुमसे शादी नहीं कर सकती।"

"क्यों? बड़ी माँ से डर गयीं? सोचती हो यह खानदानी पागलपन तो नहीं? न, उनसे मेरा कोई रिश्ता नहीं।"

वह मुस्कुरा उठी।

"कारण यह नहीं।"

"तो फिर?... मैं तो कह रहा था, गाँव नहीं जाएँगे। वे लोग हमारी तरह नहीं हैं। पर तुम..."

वह हँस दी। "मणि, सच पूछो तो मुझे वे लोग बहुत अच्छे लगे। ज़िन्दगी में सुविधाएँ ही ज़रूरी नहीं होतीं।"

"तो... फिर यह परिवर्तन कैसा?"

थोड़ा रुककर बोला, "दरअसल ग़लती मेरी थी। तुम्हें वहाँ नहीं ले जाना चाहिए था। ठीक है। शादी के बाद वहाँ नहीं जाएँगे।"

"न, मुझे माफ़ करना। ये वजह नहीं है।"

"तो...?"

उसे लगा, वह समझा नहीं पाएगी।

"प्लीज़! मैं समझा नहीं पाऊँगी।" उसने थके स्वर में कहा।

चिनगारी

छोटू बार-बार देखता और उसकी हँसी थमने के बजाय और छूट जाती, जैसे कोई मज़ेदार बात सुन ली हो। उस कमरे में न जाने कितनी तरह के उपकरण रखे हुए थे, दीवारों पर चारों ओर दर्पण मढ़े हुए थे। बाप रे! कितने सारे छोटू नज़र आ रहे हैं इन शीशों में! कोमल, सलोने चेहरे पर खेलती दो नन्ही आँखें और आश्चर्यमिश्रित हँसी के ढेरों प्रतिबिम्ब।

शीशों से सटे मेजनुमा पटल पर ढेरों रंगबिरंगी शीशियाँ सजाकर रखी गयी थीं। उनका उपयोग वहाँ आनेवाली मेमसाहबों के सिंगार के लिए किया जाता था। धूल झाड़ते हुए, एकाध बार छोटू ने इन शीशियों को खोलकर सूँघा भी है। उनकी मादक गन्ध में कई बार वह इतना खो गया है कि मालकिन चीनी मैडम लिंग सेन से मार भी खायी है। पर वह मार को उतनी ही आसानी से भूल भी चुका है। उसे तो इन शीशियों से भी अधिक आकर्षक लगते हैं तरह-तरह के उपकरण और यन्त्र। उई माँ, कितनी तरह की मशीनें!... बाल सुखानेवाली, बालों को मुलायम बनानेवाली, शरीर की मालिश करनेवाली, शरीर को पतला बनानेवाली। और, जो औरतें यहाँ आती हैं उनको देखने में तो उसे बहुत ही मज़ा आता है। झक्क सफ़ेद बाल और झुर्रियोंवाले चेहरे, जब घण्टे-दो घण्टे में बाहर निकलते हैं तो पहचान में ही नहीं आते। पहले तो उसे बेहद आश्चर्य हुआ करता था। अब भी, ये औरतें सारा कामकाज छोड़कर बड़े लोहे के कनटोप-सी मशीन के नीचे घण्टों बैठी रहतीं या फिर मुँह पर सफ़ेद चूना-सा कुछ पुतवा लेतीं और भूत की तरह इधर-उधर घूमतीं या फ़िल्मी पत्रिकाएँ पढ़ती रहतीं।

आज कुछ भीड़ ज़्यादा ही थी। भीतर सारी जगह भर गयी थी और कई औरतें बाहर प्रतीक्षा कर रही थीं।

"छोटू!"

"जी।"

"वहाँ क्या तमाशा देखता तुम?" लिंग सेन की झिड़की। हल्का पीलापन लिये हुए चेहरे पर क्रोध साफ़ नज़र आ रहा था। छोटू हकबकाया-सा सामने आकर खड़ा हो गया।

"देखा, कितना धूल जमा है मेज़ पर? कितनी बार बोला हम कि कस्टमर आने के पहले ये सब पोंछने का!" इतना कहकर लिंग सेन ने उँगली मेज़ पर छुआकर उसके सामने कर दी। वह घबरा गया।

"अभी तो झाड़ी थी मेमसा'ब।"

"ऐसेई झाड़ता है तुम! ये माफिक काम करेगा तो कस्टमर कैसे आएगा? कुछ समझा तुम?"

उसकी आँखें भर आयीं। बोला, "अब से देखकर झाड़ूँगा मेमसा'ब।"

लिंग सेन के होठों पर खीझभरी मुस्कराहट तैर गयी। उसने रिसेप्शन पर बैठे अपने पंजाबी पति की ओर देखकर कहा, "पता नहीं कितना पानी आएगा आँखों में।"

छोटू आज किसी भी क़ीमत पर मैडम को नाराज़ नहीं करना चाहता। वह धूल झाड़ने ही लगा था कि दोबारा हाँक लगी।

लिंग सेन एक शीशी के मटमैले घोल को कप में उँड़ेल रही थी। उसे देखते ही बोली, "इसको पकड़ो।" और वह उसे हाथ में पकड़े खड़ा रहा। लिंग सेन ने फुर्ती से काले रंग की चादर लपेटकर कुर्सी पर बैठी उस महिला के बाल खोल दिये और लम्बे ब्रश से घोल लगाने लगी। छोटू को अपनी माँ याद आयी। सोचा, माँ के पास वक़्त ही कहाँ रहता है, बाल बनाने को। सुबह दाँत साफ़ कर कुल्ला करते हुए मुँह धो लेती और गीले हाथ सिर पर फेर लेती है, बस! उसके रूखे बालों में तो अब सफ़ेदी भी आने लगी है। कल रात खाते समय वह हँसता हुआ बोला था, "अम्मा, तुम एक बार हमारी दुकान पर तो चलो। मेरी मेमसा'ब तुम्हारे सफ़ेद बाल काले कर देगी।"

अम्मा की हँसी में चेहरे की झुर्रियाँ चमक गयी थीं। बोली, "तेरी दुकान पर जो मेमसा'बें आती हैं, उनके पास तो पैसा है रे! मेरे पास होता, तो क्या तेरे को वहाँ काम पर भेजती?"

उसकी हँसी थम गयी थी। वह सिर झुकाकर टूँगने लगा था। अम्मा ने प्यार से उसके सिर पर हाथ फेर दिया था, "छोटू, उनसे तो दूर ही भली रे! उनकी दुनिया अलग है, अपनी दुनिया से उनका कोई मेल नहीं।"

कुर्सी पर इत्मीनान से बैठी महिला को देखकर छोटू को लगा, माँ सच ही कहती है। कितनी बेफिक्री से बैठी रहती हैं ये लोग। नोट तो बस, जैसे फेंकती हैं। सच, इनकी दुनिया अलग ही होगी। एकदम नरम, मुलायम, महकती दुनिया, जिसका भूख से कोई रिश्ता नहीं।

पर उसे विश्वास नहीं होता। लगता, सब जैसे सपना है। भूख के बग़ैर भी कोई दुनिया होगी भला? उसे सहसा याद आ गया। आज तो माँ ने खाना भी नहीं

बाँधकर दिया। आटे का कनस्तर तो रात ही में ख़ाली हो गया था। माँ ने कहा था—"मेमसा'ब से दस रुपये माँग लाना।"

आज लिंग सेन का चेहरा सख़्त था। साज-शृंगार करने के बाद बाहर निकलनेवाली महिलाएँ कड़कते नोट उसके सामने लापरवाही के साथ फेंकती जातीं। छोटू कनखियों से देखता रहा।

"क्यों, हम काम बताएगा तभी तुमको करने को माफिक आता क्या?" लिंग सेन छोटू पर चीख़ी—"उधर देख, कितना बाल पड़ा है, वो कुर्सी के बाजू में। जाओ, साफ़ करके आने का।"

वह एकदम उठा। "अभी आया मेमसा'ब—" हँसकर वह लपक गया। उसे देख काम करनेवाली अन्य लड़कियाँ प्यार से हँस दीं। उसने भी अपनी भोली मुस्कान से उनका उत्तर दिया और फ़िल्मी गाना गुनगुनाता हुआ, झाड़ू लगाने लगा। पेट में मरोड़-सी उठी। भीड़ छँट रही थी। सभी दोपहर के भोजन की तैयारी में लग गये और वह एक किनारे उकड़ूँ बैठ गया।

लिंग सेन नोट गिन रही थी। आज जाते वक़्त, दस रुपये नहीं लेकर गया, तो रात का खाना भी नसीब नहीं होगा। लिंग सेन ने नोट गिनते हुए सिर उठाकर देखा और अपने हाथों को सिर के ऊपर उठाकर एक भरपूर अँगड़ाई ली। पतली गोरी कलाइयों में सोने की चूड़ियाँ खनक उठीं। लम्बे तराशे नाखून चमक गये। वह उसे देख मुस्करा दिया।

"खाना नईं खाने का, छोटू?"

"नहीं लाया, मेमसा'ब।"

"क्यों?"

उसने जवाब नहीं दिया। नाखून कुतरता रहा।

"लो, कुछ खा लेना।"

वह चौंक गया। लिंग सेन ने एक रुपये का खरा नोट थमा दिया।

उसका चेहरा खिल गया। "मेमसा'ब, धन्यवाद।"

वह आदतन गुनगुनाता हुआ बाहर निकल आया। शॉपिंग सेण्टर के बीचोंबीच चाय की दुकान से पाव रोटी और चाय लेकर वहीं पड़ी कुर्सी पर बैठ गया। किसी ने पीठ पर धौल जमायी। आदमियों के सैलून में काम करनेवाला रतनलाल था।

"क्या बात है छोटू? तेरी मेमसा'ब ने पगार बढ़ा दी है क्या? यहाँ आकर भकोसने लगे?"

छोटू ने हँसकर बात बतायी।

"ठीक है, तेरी मेम की तो ख़ूब कमाई होती है। देने भी दे ना यार। कितना तो काम करवाती है तुमसे। और पगार कितना देती है?"

"बीस रुपये।"

"बस्स! सुबह साढ़े आठ बजे से शाम पाँच बजे तक। यह तेरी चीनी मेम ख़ूब चालाक है।"

छोटू ने जवाब नहीं दिया। चुपचाप खाता रहा। रतनलाल एक बार बातें शुरू कर दे, तो फिर कहाँ छोड़ता है। बातें भी कैसी! सारी ख़ुशी को सोख लेनेवाली बातें! उसे क्या पता कि छोटू को इस फटीचर नौकरी के लिए कितने पापड़ बेलने पड़े थे।

"दो बजे तक फुरसत में हो ना! चल साइकिल से एक चक्कर लगा आते हैं।"

छोटू ने सिर हिला दिया—"दो बजे तक तो लौट आएँगे ना?"

"हाँ, हाँ क्यों नहीं," रतनलाल ने लापरवाही से साइकिल के पैडल पर पैर मारा। पाव रोटी और चाय ने तो भूख मिटा ही दी थी। छोटू का संगीत फूट पड़ा। सड़कों में ख़ूब रौनक थी। चौराहों पर ढेरों रंगबिरंगे फूल खिले थे।

"देखा तूने, हमारा पैसा और यह गौरमेण्ट कैसे फूँक रही है इसे?"

"कैसे?"

"देख तो, पता नहीं, क्या सम्मेलन है? बाहर से सौ लोग आये हैं। सबके सब बड़े-बड़े राष्ट्रपति, राजा, मन्तरी।"

"आते रहें अपन को क्या!"

"लो भई, यह भी कोई बात हुई। धत्तेरे की। यह जो करोड़ों रुपये बरबाद कर रही है, किसके हैं ये? हँय! हमारे, मेरे और तुम्हारे।"

छोटू की हँसी छूट गयी—"क्यों रतनलाल, मजाक काहे कर रहे हो?"

रतनलाल ने लम्बी साँस खींची। चेहरे पर जाने कैसी खीझ उभर आयी।

इसे इत्ता गुस्सा काहे आता है? छोटू सोचने लगा।

"तू रहा सचमुच छोटू का छोटू। बस थोड़े ही दिनों में समझ जाएगा। सुन बे काठ के उल्लू, सरकार हमसे हर सामान पर जो टैक्स वसूलती है ना, वही सारा पैसा इस तरह फूँक रही है। फिर बताओ, हमारे लिए क्या बचेगा? तू ही बता, न मिट्टी का तेल मिलता है, न ढंग की सब्ज़ी। चावल और आटे का दाम तो पूछ ही मतियो!"

उसे सहसा माँ की बात याद आयी। बोला—"चलते हैं रतन, देर हो गयी। फिर मेमसाब नाराज होगी।"

"अरे चलते हैं भई।" रतन लापरवाही से बोला।

"विग्गान भवन में चल रहा है सम्मेलन। हम वहाँ जा नहीं सकते। चारों ओर खूब पहरा है। घूमकर जाना पड़ेगा तनिक।"

छोटू पछताने लगा। उसे इसके साथ आना ही नहीं चाहिए था। मेमसाब आज गुस्से में रही तो फिर हो गयी छुट्टी रुपयों की। कितनी दुखी हो जाएगी अम्मा।

अपना तो ठीक है, चलो पाव रोटी खा ली। अम्मा और नीलू की पगार में तो पखवाड़े का भी गुज़ारा नहीं होता।

"तू इस्कूल क्यों नहीं जाता छोटू? जिन्दगीभर इस चीनी मेम की चाकरी बजाता फिरेगा?"

"न, स्कूल से निकाल दिया।"

"क्यों, लगते तो सीधे हो।"

"क्या फायदा! किताबें जो नहीं खरीद पाया। मास्साब ने भगा दिया कि पहले किताबें लेकर आ।"

"फिर?"

छोटू चुप रहा। चारों ओर निगाहें दौड़ाने लगा। आस-पास का सारा इलाक़ा झण्डियों और फूलों से सजा था। भीतर लपट की तरह उठनेवाला दुःख भी कैसा अटपटा लगा। जैसे वह और रतनलाल किसी ऐसे लोक में खड़े हैं, जिससे उनका कोई लेना-देना नहीं।

"रतन, इस सम्मेलन में क्या होता होगा?"

रतनलाल ने गुस्से में पैडल मारा। चमकीले तारकोल की सड़क पर साइकिल फिसलती हुई-सी बढ़ी। बोला—"शान्ति के बारे में बोलते हैं। गरीब देशों की गरीबी दूर करने की बातें कर रहे हैं।" रतन ठहाका लगाकर हँसा।

"देखा, कैसा तमाशा है। अगर इसी तरह बातों में ही हमारे रुपये फुँकते रहे, तो हमारे-जैसे तेरे-जैसे लोगों को जाने कितने जन्मों तक यूँ ही मजूरी करनी पड़ेगी।"

छोटू रतनलाल की बातों से ऊबने लगा था। कोई क्या कहता है, कितने सम्मेलन होते हैं, हमें क्या? अगर वह समय पर नहीं लौटा तो मेमसाब का चेहरा तमतमा जाएगा।

"तेरा बाप नौकरी पर नहीं जाता?"

"मेरे तो बापू हैं ही नहीं। होते तो क्या मैं स्कूल नहीं जाता? तब मैं स्कूल भी नहीं जाता था और घर के आगे गोलियाँ खेला करता था। बस, अम्मा ने एक दिन किसी से कह-सुनकर यहाँ लगवा दिया।"

"और तुम फँस गये।"

छोटू ने होठ बिचका दिये। वक़्त ज़रूरत पर उसकी पगार भी तो घर के काम आने लगी है। उसने जैसे अपने आपसे कहा। "इस जन्म में तो तेरे भाग खोटे ही निकल गये।" अम्मा की झुँझलाहट उसकी समझ से परे थी। और उसने उस पर सोचना ही छोड़ दिया।

साइकिल अचानक रुकी। क़तारों में लम्बी-लम्बी कारें सरक रही थीं।

"ये मेहमानों के लिए मँगायी हैं। एक-एक गाड़ी एक-एक लाख की है।"

छोटू के कान तो बहरे हो गये थे। इस भीड़ को चीरकर जब तक वह दुकान पहुँचेगा, बहुत देर हो जाएगी।

रतनलाल की बड़बड़ाहट, देश की अर्थ-व्यवस्था पर उसकी टिप्पणियों का उस पर कोई असर नहीं हुआ। उसकी चिन्ता केवल एक ही थी कि अगर मेमसाब का पारा चढ़ गया, तो दस रुपये नहीं मिलेंगे। उसकी तो हिम्मत भी नहीं होगी कि पूछ सके।

जैसे-तैसे वे लोग लौटे, तो तीन बज गये थे। दिल की धड़कन बढ़ गयी और वह तेज़ी से भीतर घुसा। उसे देखते ही लिंग सेन का चेहरा लाल हो गया। उसने अपनी छोटी आँखों को तरेरते हुए पूछा—"कहाँ से घूमकर आता तुम? हम सोचा, बेचारा भूखा होगा! खाने के वास्ते पैसा दिया! तो तुम्हारा भेजा फिर गया।"

लिंग सेन की कलाइयाँ देखने में पतली भले ही थीं पर तमाचा झन्नाटेदार था। रोते हुए वह समझाने लगा, पर उसके कानों में जूँ तक नहीं रेंगी। उसके पति ने टोका—"छोड़ो भी, जाओ छोटू, मुँह धो लो और काम पर लग जाओ।"

"तुम शब लोग, उसको सिर पर बैठाता है। तभी उसका भेजा गरम रहता। पइसा फालतू में आता क्या?"

आज रुपये तो वह किसी भी हालत में नहीं माँग सकता। यह सोचकर वह फफककर रोने लगा। जाने कितनी ही बातों पर उसका दुःख उमड़ा पड़ रहा था। उसकी पीठ लगातार हिल रही थी और आँखों के सामने धुँधलापन छाने लगा। वाश बेसिन में झुककर हाथ धो रहा था कि धोखे से हाथ फिसला और पास ही रखी शीशी झटके से फ़र्श पर आ गिरी। सारा सैलून महक उठा।

मैडम लिंग सेन घबरायी हुई आयी। छोटू की सिसकी सहसा थम गयी। उसने भय से उसकी ओर सिर उठाकर देखा, तो गाल पर एक भरपूर तमाचा पड़ा। वह दहाड़ी—"दो सौ रुपये का शीशा था, एकदम फोरेन! तुम्हारा भेजा नहीं तो क्या आँख भी नहीं क्या!"

उसकी तो रुलाई भी नहीं फूटी। बस, भौचक्का-सा खड़ा ही रह गया। लिंग सेन ने उसका हाथ पकड़कर घसीटा और कमरे के बाहर लाकर खड़ा कर दिया।

"अब तुम्हारे पास काम नहीं देने का। कल से मत आना।"

वह चौंक गया। आँखें बरसने लगीं। गिड़गिड़ाता हुआ बोला—"माफ़ कर दो मेमसा'ब, अब ठीक से काम करूँगा। नौकरी से मत निकालना मेमसा'ब!"

उसकी सफ़ाई और गिड़गिड़ाहट का उस पर कोई असर नहीं हुआ। कुछेक की सहानुभूतिपूर्ण आँखें उस पर गड़ गयीं। लिंग सेन के पति का अता-पता तक नहीं था।

लिंग सेन उसके सामने फिर आ खड़ी हुई—"देखो, यहाँ तमाशा नईं करने का। एक बार हम बोल दिया, तो बस बोल दिया। लो, तुम्हारा पन्द्रह दिन का पगार।"

उसने सिर उठाया।

उसके हाथ में दस रुपये का नोट था। कुछ क्षण तो वह चुपचाप देखता रहा, फिर जैसे उसने कोई मूक समझौता-सा कर लिया। आँसू पोंछता हुआ बाहर निकल आया।

शाम घर लौटा तो माँ ने पूछा—"दस रुपये मिले, छोटू?"

"हाँ, मिल गये।" उसके स्वर में कातरता थी।

"चलो अच्छा हुआ।" माँ को जैसे इत्मीनान हो गया।

वह बाहर ओसारे पर आकर बैठ गया और घुटनों में मुँह छिपा लिया। लगा, जैसे एकाएक वह बड़ा हो गया है। रतनलाल का सारा आक्रोश, उसके भीतर फैलने लगा, जैसे कोई चिनगारी नाभि से निकलकर दिमाग़ में व्याप्त होने लगी थी।

अन्तिम यात्रा

"अभी तक आप नहाने नहीं गयीं?" वह गुर्रायी आवाज़ दरवाज़े से होकर भीतर आयी।

कोठरी के कोने में दीवार के पास, कोरी सफ़ेद साड़ी पर पसरी नागू दादी ने सिर उठाकर देखा। पार्वती का थुल-थुल शरीर धुँधला-सा नज़र आ गया।—"अभी आयी...।" वे लेटे-लेटे ही बोलीं।

"कुआँ खाली है क्या?"

"हाँ, हाँ, खाली है। अब आप उठिए भी...।" पार्वती झल्ला गयी।

"तो ठीक है, अभी जाते हैं।" दादी ने सिरहाने रखे अँगोछे को झटका और दीवार के सहारे रखी लाठी को टेकती उठ गयीं।

"क्या बजा होगा?"

"साढ़े नौ...।"

"बस...।" दादी का स्वर खिंचा।

"बस...बस क्या लगा रखी है! अभी तो आप घण्टा भर नहाएँगी। फिर पूजा-ऊजा निपटाते बारह बजा देंगी। आज कामू को लेकर बाज़ार जाना है। चौका बटा दें पहले..."

"क्या लाना है, बाज़ार से?"

"येल्लो, इस बुढ़िया को सब बताना पड़ेगा। अरे, कुछ भी लेंगे। आपको क्या? कल वह बम्बई जा रही है न, बिटिया के पास। जाने क्या-क्या लेना होगा उसे। और आप हैं फालूत बातें किये जा रही हैं...।"

"अरी नहीं री, बस अभी गयी और आयी। देर नहीं लगाऊँगी।"

दादी लाठी टेकती हुई, पिछवाड़े कुएँ के पास आयीं। पट्टम्मा कपड़े पछींटने में लगी थी।

"क्यों री पट्टू, अभी तेरा काम नहीं निपटा? पार्वती तो कह रही थी कि कुआँ खाली पड़ा है...।"

"अरी ओ पट्टू, झटपट खाली करो उहाँ से। आज जाने सूरज कहाँ से उग आया कि बुढ़िया टेरते ही उठ गयी। उसे नहा लेने दे। मुझे बाहर जाना है...।"

"अभी कर देती हूँ, बहूजी। साफ कर दूँ जरा। साबुन का पानी है, कहीं फिसल गयीं, कुछ हो-हवा गया तो...?"

"हो ही जाए। कुछ होता भी तो नहीं। अब इनकी मौत तो ऐसे ही आएगी। वरना ये आसानी से जानेवाली कहाँ?"

पट्टम्मा ने चौंककर दादी के चेहरे को देखा। पर दादी बेअसर खड़ी थीं।

"हो गया पट्टू?" सहजता भरा स्वर था उनका।

"हाँ, दादी...।" पट्टम्मा ने झाड़ू फुर्ती से लगायी और किनारे को हो गयी।

दादी ने सँभालकर पैर आगे बढ़ाये।

"वह भी अघा गयी बेचारी!" दादी बुदबुदायीं—"अब क्या करें पट्टू, हम भी तीस बरस से इसी इन्तज़ार में हैं कि कब वह उठा ले...पर यमराज भी झाँसा दिये जा रहा है हमें...।"

"उसकी लिस्ट में आपका नाम छूट गया होगा, दादी माँ।"

धोती ढीली कर नहाने बैठीं, तो कामू वहाँ आ गयी। पार्वती की-सी चिड़चिड़ाहट और खीझ इसके चेहरे पर नहीं आती।

"बैठिए दादी माँ...पानी डाल देती हूँ।"

दादी का चेहरा खिल गया। नीचे उकड़ूँ बैठ गयीं।—"चलो, डाल दो।"

कामू कुएँ से पानी खींचकर डालती रही।

"बिटिया से मिलने जा रही हो?" दादी ने प्यार से पूछ लिया।

"हाँ, कल ही निकल रही हूँ। हमने तो कहा था कि जच्चगी में यहाँ आ जाओ। पर मानी नहीं। अब तो बच्ची भी तीन माह की हो रही है। हमारा भी निकलना कहाँ हो पाता है...।"

"हाँ, तू कैसे निकलती, तेरा आदमी पैर तुड़वाकर पड़ा रहा।"

"देखा बहूजी, दादी को सारी बातें याद हैं।"

"कामू, ओ कामू, बुढ़िया बातों में लगाये रहेगी। फिर हो चुका तुम्हारा बाज़ार-वाज़ार।"

"बस, दादी माँ, कि और डालूँ?"

"बस री, बिटिया। पूजा की धोती निकाल के रख दी?"

"हाँ, दादी! ये रखी है।"

दादी ने कोरी धोती उठायी और काँपते हाथों से पहनने लगीं।

पट्टम्मा ने पूछा—"दादी, कल नाई को बुलवा दें का?"

"अरे हाँ, हम भी सोच रहे थे। चुभने लगे अब तो। ऊपर से मार खुजली के नींद नहीं आती। अब रोज कोई-न-कोई बहाना लगाकर टाल ही देती हूँ। अब बुलवा ही दो उसे...।"

"दादी, आप अपना जाप ख़त्म कर लीजिए।"

"आयी...।" दादी बुदबुदाती आँगन से होकर, भीतर आ गयीं। टटोलकर किसी तरह स्विच जला लिया।

शहर का यह खपरैलवाला मकान, अभी दादी के लिए नया है। जब तक वे ज़िन्दा रहे, गाँव के घर में आराम से हाथ-पाँव डोला करते थे। अभी भी याद है उन्हें। ज़मींदार की हवेली कहलाती थी वह। रोशनी ही रोशनी! हवा इत्ती कि पूछो मत। इस तरह थोड़े ही कि दिन-दहाड़े बत्ती जला लो। पर तब की बात ही कुछ और थी। रानी की तरह रहती थीं वे। यह पार्वती? हिम्मत थी इसकी कि सामने पड़ जाए? वे तो पुण्यात्मा थे कि इस लानत-मलामत के पहले ही उठ गये।

पूजा-घर में आले पर रखे भभूत को झुर्रियोंवाली उँगली से माथे पर लगा लिया।

"कब उठाओगे मुझे प्रभु?" मन-ही-मन बुदबुदायीं।

पीढ़े पर बैठकर 'शुक्लाम्बर विष्णु...' गुनगुनाते अगली पंक्ति ही दिमाग़ से उतरने लगी।

"उनकी लिस्ट में आपका नाम छूट गया होगा..."

हाँ, यही हुआ होगा। ऐसा नहीं कि यमराज दरवाज़े तक आये नहीं, आये। यहाँ ओसारे पर मैं पतझर की पाती-सी पड़ी रही और जवान पत्तियाँ, नन्ही कोपलों को उड़ा ले गये। किस-किसका नाम लें। छाती पर शूल गड़े हैं कि...। शुरुआत सुबुण्णी से हुई थी...

कैसा लगता था, लम्बा, ऊँचा, गोरा। घर का पहलौठा था। एकदम राजकुमार-सा। वकालत में दोनों हाथों से कमाता रहा। पार्वती तो उसे देखते ही बौरा जाती थी। पर हुआ क्या? मन धरा-का-धरा रह गया। वकालत में जिरह करते-करते, अटैक पड़ा और वहीं कचहरी में सब कुछ ख़त्म हो गया।

फिर उस सदमे में ये भी कहाँ जी पाये? मैं ही हूँ, जो बैठी हूँ खूँटा गाड़कर। एक के बाद एक बाला, मीनू, वेंकटू, एच्चू, रमेश...! सबके सब खेलते-खाते बिना किसी पूर्व सूचना के एक के बाद एक चले गये और मैं...ओसारे पर पापिन बैठी रही निहारते...। मैं ही जानती हूँ, मेरी आत्मा कितनी कलपती है, हर बार जब भी कोई लाश दरवाज़े से उठती है।

कर भी क्या पायी, सिवाय चुपचाप देखते रहने के। आँखें हैं कि अब भी साफ़ देखती हैं। कानों से साफ़ सुनाई भी देता है। मानो प्रभु की ही इच्छा हो, कि लो और देखती रहो जो चल रहा है, सुनती रहो जो कहा जा रहा है। मन को लकवा मार गया। वरना सुबुण्णी की मौत के दिन या फिर जब रमेश अचानक गुज़र गया था। पार्वती ने वो ताने दिये थे कि दूसरी होती तो वहीं प्राण त्याग देती।

"दादी! जाप ख़त्म हो गया हो तो...।"

"पता नहीं यह बुढ़िया इत्ता जप-तप किसके लिए किये जा रही है। उम्र तो उसकी बढ़ती ही जा रही है। परिवार को कोई लाभ हो तब न...।"

"तुम भी चुप करो अम्माँ! बेचारी इस उम्र में भी किसी को तंग नहीं करतीं। अपना काम अपने आप कर लेती हैं।"

"अरे तो उससे किसी को क्या लाभ हुआ? इतनी उम्र तक धरती पर बोझ बनी पड़ी है। हमें मालूम है, जवान बेटे की मौत का दर्द। यही चली जाती, तो क्या बिगड़ जाता...।"

"अम्माँ, पर उसके लिए बेचारी दादी क्या करेंगी? उनका क्या दोष...?"

"तू नहीं जानती, कामू। यह पापिन है, डायन कहीं की। जब तक यह ज़िन्दा रहेगी, तब तक छाती पर बोझ रखा रहेगा।"

"तुम भी अम्माँ...! मुझे इन बातों पर विश्वास नहीं है...।"

दादी उठ गयीं। गलियारे की बत्ती किसी ने बुझा दी थी। अब तो आँखें अँधेरे की भी आदी हो गयी हैं। धीमे-धीमे चलती हुई, चौके तक पहुँच गयीं। कामू चौके में ही थी।

"आइए दादी! आपके लिए पत्तल बिछा दिया है।"

"तूने खा लिया?"

"न, अम्माँ के साथ खा लूँगी।"

"पार्वती कहाँ चली गयी?"

"बाहर सब्ज़ीवाला खड़ा है, वहीं गयी हैं।"

"अच्छा, अच्छा!"

दादी खाने लगीं।

"यह सब्ज़ी तूने बनायी है, कामू?"

"हाँ दादी! कैसी बनी है?"

"अमृत जैसी!"

"हाँ, हाँ, अमृत ही तो हुआ जा रहा है, जो भी खाती है, तभी न...।" पार्वती ने हँडिया भीतर रखते हुए कोंच दिया। माँ-बेटी एक-दूसरे को देखकर मुस्करा दीं। दादी ने जैसे ध्यान ही नहीं दिया। खाने में मग्न रहीं।

बैठक में टेलीफ़ोन की घण्टी बजी।

कामू झल्लायी—"अब तक तीन बार बज चुकी है घण्टी। उठाती हूँ तो कट जाता है।"

"हो सकता है, बम्बई से पद्मा का फ़ोन हो! बाहर का कॉल है। इतनी आसानी से तो मिलेगा नहीं।"

पार्वती ने चावल परसा!

"बस थोड़ा-सा परसना! ज़रा-सा मट्ठा देना।"

पार्वती ने परोसते हुए आवाज़ लगायी—"पद्मा हो तो पूछ लेना, उसे क्या-क्या चाहिए।"

वे चावल छाछ के साथ मिला रही थीं कि बैठक में कामू की चीख़ सुनाई पड़ी।

"कौन? क्या कहा? पद्मा? अरे, कब? यह क्या कह रहे हैं आप?" रुलाई फूट पड़ी। भीतर जैसे कुछ दरक गया। दादी ने घबराकर पार्वती को देखा। पार्वती करछुल वहीं पटककर बैठक की ओर भागी।

"क्यों कामू? क्या हुआ?"

कामू की रुलाई फूट पड़ी।

दादी के हाथ-पाँव सुन्न हो गये। तो अब कौन...?

"पद्मा को आज सुबह शॉक लग गया। वह नहीं रही अम्मा...।"

"हाय राम! यह क्या हो गया?"

कैसी चीख़ है यह! तीनों लोकों का दुःख जैसे फूट पड़ रहा हो।

दादी को दुःख से अधिक आतंक ने घेर लिया। लगा जैसे पत्तल के आगे बैठकर वे कोई गुनाह कर रही हैं। दिमाग़ सुन्न पड़ने लगा। अगले वार की प्रतीक्षा में सहम गयीं।

पार्वती तमतमाये चेहरे में भीतर आयी। दादी का हलक सूखने लगा।

"मुझे छोड़ दे डायन! तू मुझे...।" पार्वती ने चौके में रखा चावल का पतीला उनकी पत्तल में उलट दिया।

"लीजिए! और भकोस लीजिए!" दादी की पत्तल में गिरते गरम-गरम चावल के दाने झुर्रियों भरी हथेली को भी छू गये। उन्होंने हथेली पीछे कर ली। वे अवाक्-सी चावल के ढेर को, कभी पार्वती को देखती रहीं।

"अरे, सबको खाने के लिए ही तो यूँ खूँटा गाड़कर बैठी है डायन! और कब तक भकोसती रहेगी। तुझे वह यमराज उठाता भी तो नहीं। खेलते-खाते बच्चों को लिये जा रहा है।"

पार्वती के शब्द उनकी समझ से परे होते जा रहे थे। उनकी आँखों को बस वह विद्वेष, वह क्रोध, वह आवेश ही दिखाई दे रहा था।

इसको नातिन की मौत का इतना दुःख नहीं है, जितना मुझ पर विद्वेष। हो सकता है, यह हँडिया ही उठाकर दे मारे। पर अच्छा है, चलो प्राण छूटें तो किसी तरह...।

बाहर का दरवाज़ा ज़ोर से खड़का। पार्वती ने भरपूर गुस्से में दादी को देखा।

"पता है, पद्मा नहीं रही! चौबीस साल की बिटिया...।"

कलेजा ठण्डा हुआ अब? अब भकोस लो, एक दाना भी नहीं छोड़ना, समझीं...।

दादी ने पत्तल को देखा। अच्छा-भला, तीन लोगों के लायक चावल था। जाने क्या-क्या सूझने लगा उन्हें। पूरा शरीर काँप गया।

"क्या करूँगी इसका? जूठे पत्तल में इतना चावल...? आज तेरे ससुर ज़िन्दा होते तो क्या इतनी हिम्मत कर सकती थी?"

"राम! राम! अच्छा हुआ, वे पहले ही उठ गये। एक हम काफ़ी हैं, इस लानत-मलामत को सहने के लिए।"

"अब इसका क्या करें?" बैठक में कामू का विलाप शुरू हो गया था।

पतीला अब भी गरम था। दादी ने उसे सीधा किया। चावल को मुट्ठी में भरकर पतीले में डालती रहीं। हाथ थक गये।

"कितने लोगों को खिला चुकी हूँ! क्यों री, इतना सारा अन्न, इसे फिंकवाते...।" दादी मन-ही-मन बुदबुदाती रहीं। किसी तरह पतीले को भरकर दादी उठीं। लाठी टेककर चलते हुए लगा, जैसे बेहद कमज़ोरी आ गयी है। लगा जैसे शरीर का वज़न बढ़ता जा रहा है। पिछवाड़े के नल से कुल्ला कर बैठक की ओर जाती दादी के पाँव क्षणांश के लिए ठिठक गये। कामू बिटिया को कैसे आश्वस्त करेगी वह?

दादी इसी सोच में बैठक तक चली आयीं। बैठक में लोग भर गये थे। अरे, इतनी देर में मोहल्ले की औरतें इकट्ठी हो गयीं क्या?

दादी की नज़र किसी पर नहीं गयी। आँचल से मुँह ढाँपकर कलपती कामू के पास पहुँचीं। काँपती आवाज़ में बोलीं—"बेटी कामू! यह क्या हो गया री...कैसा अन्याय है यह?"

कामू ने झट आँचल चेहरे पर से हटाया। इसकी आँखों में दुःख के साथ क्रोध भी तो है। यह पार्वती है या कामू।

दादी का ख़ून मानो जमने लगा।

"माँ ठीक कहती है। यह बुढ़िया डायन है। घर के एक-एक आदमी को खाकर ही यह यहाँ से टलेगी।" कामू चीख़कर उठी।

कामू! क्या कामू भी इस तरह की बात कह सकती है? दादी का सर्वांग काँप गया। उन्हें आस-पास के लोगों की नज़रें चुभती-सी लगीं।

"क्या करूँ? मुझे वह बुला ही नहीं रहा...।" कमज़ोर आवाज़ में बोलीं।

"कैसे ले जाएगा?" पार्वती गरज पड़ी—"आपका तो मन लोहे का है। राजा-सा बेटा खोया, दामाद गया, फिर बिटिया! पोता, पोती और अब पड़पोती ...सबको खाकर बैठी है, तू सचमुच डायन है।"

एक मौन पसर गया था वहाँ, जैसे उसकी बातों का अनुमोदन किया जा रहा हो।

"मैं क्या करूँ?" पार्वती ने झुँझलाते हुए नकल उतारी—"जाओ कहीं कुआँ-बावड़ी में डूब मरो।"

"क्या कह रही हो बहन! यह मौत भयावह है माना, पर बुढ़िया बेचारी का क्या दोष?"

"तू नहीं जानती सरोजा! मेरा तो कलेजा जल रहा है!" पार्वती फूट पड़ी—"एक-एक करके...मौत पर मौत! तिस पर बुढ़िया है कि ठाठ से बैठी है।" और पार्वती की रुलाई तेज़ हो गयी।

"दादी, आप भीतर चली जाइए।" एक ने उन्हें वहाँ से उठा दिया।

दादी सिर झुकाये वहाँ से उठीं और कोरी बिछी धोती पर आकर बैठ गयीं। कामू का हरदम खिला चेहरा किस कदर विद्रूपता से भर गया था। वे बातें। वे ताने...।

तुम भी...

दादी धीमे से उठीं। बगैर किसी आहट के पिछवाड़े तक चली आयीं। उनकी जूठी पत्तल, पतीला भर चावल वहीं पड़ा हुआ था, यूँ ही। दादी आराम से बैठ गयीं और पतीले के चावल को मुट्ठी में भरकर मुँह में ठूँसने लगीं।

पिछवाड़े की ओर अचानक आयी सरोजा भीतर की ओर भागी।

"हाय राम, बहनजी! बुढ़िया का दिमाग़ चल गया है। ग़मी का घर है और पतीले में रखे चावल को ठूँसकर खाये जा रही है...।"

"यह क्या हो गया...?"

"वह सामान्य औरत नहीं है।"

"यह बुढ़िया पतीले को कैसे उठा ले गयी?"

"देखो तो...?" पार्वती आक्रोश के साथ उठी।

"आज छोड़ूँगी नहीं इसे। वह बुढ़िया तो मेरी जान लेकर ही रहेगी।"

उसके पीछे-पीछे बाक़ी औरतें भी तमाशा देखने भागीं। पतीला लुढ़का पड़ा था। आधे से अधिक चावल पतीले में बचा था। दादी के मुँह और गले में फँसे सूखे चावलों ने उनकी साँस रोक दी थी। दीवार से लगी, दादी की देह को सरोजा ने ज़मीन पर लिटा दिया।

"बेचारी का दिमाग़ चल गया था...।" सरोजा की आँखें भर आयीं।

बाँस के फूल

बैठक को ठीकठाक करते अचानक ही शीला का ध्यान उधर चला गया। नौ गुना छह का कालीन किनारे से थोड़ा कट गया था। वह चौंक गयी। अच्छा-भला पारसी कालीन है। भैया काबुल से लाये थे। उनकी याद के नाम पर उसके पास बस यही तो साबुत रह गया है। पर यह कट कैसे गया? फिर इस शहर में किसे ढूँढ़ेगी ठीक कराने के लिए?

बस यही सोचती हुई वह झटपट तैयार होने लगी। खिड़की की ओर आँख गयी तो घुमावदार पहाड़ी रास्ते में आती जीप दिख गयी।

उसने घड़ी देखी। ठीक आठ पचास। उसके होठों पर मुस्कुराहट तैर गयी। बिना नागा कैसे यह रोज़ आ पाता है? फ़ौज में है शायद इसीलिए। उसने एक बारगी अपने को शीशे में देख दिया।

गुलाबी शिफान की साड़ी। बालों में लाल गुलाब। क्या कहेगा वह? उसके गाल दहकने लगे।

जीप की आवाज़ दरवाज़े के पास आकर रुक गयी। सीढ़ियों पर जूतों की आवाज़ और फिर घण्टी बजते ही उसने दरवाज़ा खोल दिया।

गहरे काई रंग की राइफल्स की वर्दी में उसे देखकर वह सदा की तरह मुग्ध हो उठी।

सजे हुए मोती-से दाँत, घनी मूँछें, उसकी हँसी में खिल गये। आदतन उसने टोपी कुछ सरकारी और फ़ौजी अन्दाज़ में छुई और बोला, "गुड मार्निंग, मैडम।"

"मार्निंग।"

वह झट भीतर आ गया। उसकी कमर के इर्द-गिर्द बाँहें कसकर उसे उठा लिया और एक बार घुमाते हुए उसके होठों पर होठ रख दिये।

स्कूल के लिए देर हो रही है, फिर सोनार भी देख रहा होगा। ओफ, कितनी मजबूत जकड़ है इसकी। यह सब सोचते हुए भी उसकी आँखें नशे में जैसे मुँद गयीं। वर्दी में लगा बटन छाती में चुभने लगा।

"बटन चुभ रहा है।"

"कहाँ?"

उसने हाथ हटा दिया। "सोनार भीतर है, राजीव।"

"क्या तुम्हारा काम इस सोनार के बग़ैर चल नहीं सकता?"

उसे हँसी आ गयी, "बेवक़ूफी है। सौ बार तो पूछ चुके हो।"

"और नहीं तो क्या? जब भी पास आता हूँ, बस सोनार का नाम लेकर एक दीवार खड़ी कर लेती हो।"

"वरना, मैं स्कूल वक़्त पर कहाँ पहुँच सकूँगी?" उसने झटके से अपने को छुड़ा लिया और भीतर आकर अपना पर्स उठा लायी।

"सोनार, दरवाज़ा बन्द कर लो।"

सोनार की आवाज़ भीतर से आयी—"अच्छा मेम साब।"

भीतर से वह निकल आया। अपनी छोटी आँखों में मुस्कुराहट भरकर राजीव से बोला, "नमस्ते साब।"

"नमस्ते सोनार। आज रात को बढ़िया खाना खिलाओगे?"

"ज़रूर साब।"

"साँबर और चावल।"

"अच्छा साब।"

जीप में चढ़ती हुई वह चिढ़कर बोली—"तुम्हें यहाँ खाने पर किसने बुलाया?"

"अरे...जो भूल गये थे उन्हें याद दिला रहा था, बस।"

"पर मैंने तो जानबूझ कर नहीं बुलाया।"

"हाँ, हाँ, तुम्हें स्कूल के लिए लिफ्ट तो रोज़ चाहिए पर किराये से हाथ धोना चाहती हो,... क्यों?"

वह चुप हो गयी।

कब तक चलाएगीं इस तरह?

चढ़ाई सीधी थी। वह जीप को आराम से चला रहा था। रास्ते के एक ओर ऊँचे पर्वत की लम्बी क़तार और दूसरी ओर बाहरी घाटी। सामने से आती गाड़ियों के लिए रास्ता भी मुश्किल से बन पाता था। गाड़ी को पीछे ले जाकर हेयरपिन कार्नर में खड़ा करना पड़ता था। बादल का फाहा जीप के भीतर तैर गया। वे सिहर गये। सड़क के किनारे दो मिज़ो लड़कियाँ आ रही थीं।

लाल होठ, पाउडर से पुता चेहरा। उन्नत उरोज जैसे लेस के ब्लाउज़ से बाहर छलके पड़ रहे थे।

"अड़तालीस" राजीव ने कहा।

वह हँस दी, "पर मुझे तो छत्तीस ही ठीक है। बनावटी अड़तालीस की क्या ज़रूरत है?"

"वैसे यहाँ की लड़कियाँ तो सिर से पैर तक बनावटी ही हैं।"

"हाँ, काफ़ी अनुभव जो है।"

वह हँस दिया, "शर्त मँजूर है।"

वह फिर सोच में डूब गयी। वही सवाल फिर उभर आया। कहाँ तक विश्वास हो इसका? कब तक यूँ हँसाता रहेगा?

मन जैसे खिन्न हो गया। इतनी आशंकाओं के बावजूद कैसे इससे चिपकी हुई है।

इसलिए कि एक वही अकेला तमिल है जिससे उसकी पहचान है। क्या इसलिए कि वह उसकी शरारतों पर मुग्ध है अथवा इसलिए कि उस अनजान जगह में उस पर अंकुश लगानेवाला कोई नहीं है। कारण कुछ भी हो, उसका सामीप्य उसे अच्छा लगता है। उसके साथ बने रहने की इच्छा बराबर बनी रहती है। सच, यह शरीर और मन कितना निर्लज्ज हो गया है।

उसने बायें हाथ से उसे पास खींच लिया।

"अरे, यह सड़क है।" —वह चिहुँककर बोली, "खड्ड में जीप उतर गयी तो समझ लो हड्डी-पसली नहीं मिलेगी।"

पर वह भला कहाँ माननेवाला? बस सीटी बजाता हुआ दायें हाथ से गाड़ी चला रहा था।

उसे भी तो यह सब अच्छा लगता है। साथ ही भय भी उग आया। अक्सर वह कहता है, "पिछला सब भूल जाओ। आगे की बात मत सोचो। जो है, सो वर्तमान। बस इसे जियो। वरना कोई ख़ुशी हाथ नहीं लगेगी।"

पर यह वर्तमान कब तक वर्तमान बना रहेगा? ओह, हेल। मैं इस पर अब सोचूँ ही क्यों? बस इस वक़्त ख़ुश हूँ। इतना काफ़ी नहीं है क्या?

'न' भीतर से जैसे कोई बोल उठा।

उसने भीतर की आवाज़ दबा ली। फिर हलकी मुस्कुराहट के साथ उसके पास खिसक आयी। दूर स्कूल नज़र आने लगा।

"तुम्हारा स्कूल इतना पास क्यों है?"

वह हँस दी। भीड़ से भरी सड़क थी इसलिए वह कुछ छिटककर बैठ गयी।

"एक चक्कर और लगा लें?"

"अरे नहीं, फिर तो घण्टी बज जाएगी। शाम को देखते हैं।"

वह उतर गयी और इसने भी हँसते हुए जीप स्टार्ट की।

"सोनार से कहना, रात को साँबर चावल बनाकर रखे।"

उसने सिर हिला दिया सहमति में।

कितना अधिकारपूर्ण स्वर है जैसे पति ही हो। उसे हँसी आ गयी।

स्कूल के अहाते में प्रवेश करते ही उसने सारे फालतू ख़्याल दिमाग़ से निकाल फेंके।

घण्टी बज गयी। हेडमिस्ट्रेस सूसन अपनी छोटी टाँग घसीटती हुई चल रही थीं। शीला को देखकर हाथ हिला दिया—

"गुड मार्निंग।"

"मार्निंग।"

प्रार्थना के लिए सभी बच्चे बाहर जमा हो गये थे। शीला को छोड़कर बाक़ी सभी अध्यापिकाएँ मिज़ो थीं। लुंगी, ब्लाउज़, उठी हुई छाती, और लाल होंठ—राजीव की बात याद आ गयी और फिर हँसी छलक आयी।

"आवर फादर, हू आर्ट इन हैवन..."

उसने अपने को सँभाल लिया। छोटे-बड़े बच्चे—मंगोल चेहरे—जापानी गुड्डों के-से लाल और पीलापन लिये हुए, गन्दे कपड़ों में भी उनके चेहरे खिल आये थे। कुछ चेहरे इनसे अलग खड़े थे।

यहाँ आये हुए अफ़सरों के बच्चे जिन्हें मिज़ो विदेशी कहते हैं, वे ही भारतीय बच्चे।

उसका ध्यान अचानक बँट गया। पिछली पंक्ति में एक नया लड़का चुइंगम चबाता हुआ खड़ा था। उसकी दृष्टि, उसके अन्दाज़ में कहीं कुछ ऐसा था कि भीतर कुछ दहल गया। लड़का नया था। लम्बा, गोरा। उम्र पन्द्रह-सोलह की ही होगी। कैसा तिरस्कार का-सा भाव है उन आँखों में। आँखें मूँदकर प्रार्थना करनेवाले उन बच्चों को कैसे व्यंग्य से देख रही थीं वे आँखें। लगातार चुइंगम चबाता हुआ। चारों ओर आँखें दौड़ा रहा था।

यूँ तो यहाँ पढ़नेवाले सारे बच्चे शरारती हैं, पर यह तो जैसे उन सबको बेच खाएगा।

प्रार्थना सभा के बाद बच्चे आपस में बातें करते हुए अपनी कक्षाओं में जाने लगे। उस लड़के ने किसी से बात नहीं की पर उम्र में कुछ बड़ी छात्राओं की ओर घूरता हुआ स्कूल की इमारत की ओर चला गया। वह उसी लड़के के बारे में सोचती हुई अपनी कक्षा की ओर जाने लगी कि हेडमिस्ट्रेस का बुलावा आ गया। मिस सूसन उसे देखकर आत्मीयता के साथ मुस्कुरायीं।

"आओ शीला, एक ज़रूरी बात करनी थी।"

भीतर जैसे कुछ खटक गया। क्या कहना चाहती हैं यह? उसके बारे में कहीं कोई अफवाह तो नहीं फैल गयी! ये लोग खुद तो एकदम स्वच्छन्द जीवन के आदी हैं फिर उसके निजी जीवन में दखल भी क्यों देने लगे। फिर कहने को बचता ही क्या है?

"बैठो।"

वह बैठ गयी।

"आज तुमने प्रार्थना सभा में एक नये लड़के को देखा होगा?"

"हाँ!"

"आज ही आया है।"

"कौन हैं वह?"

"लालगंगा का लड़का।"

उसने चौंककर सिर उठाया।

"कहाँ था आज तक।"

"शिलांग में था। किसी हास्टल में। चाल-चलन ठीक नहीं था सो वहाँ से निकाल दिया गया।"

शीला धीमे से हँस दी।

"और ऐसों को आप भर्ती करना चाहती हैं?"

"क्या करती शीला? मन्त्रियों की तगड़ी सिफ़ारिश् है। फिर लाल गंगा से कौन दुश्मनी मोल ले।"

लालगंगा–जिससे ख़ुद मिज़ो खौफ़ खाते हैं। भूमिगत आतंकवादी।

"तो मैं कह रही थी कि वह लड़का सुंगा तुम्हारी ही कक्षा में है। बस, कुछ सँभल कर रहना। ग़ैर मिज़ो को नफ़रत से देखनेवालों के परिवार से आया है। फिर है भी शरारती।"

"ठीक है।"

वह सोच में डूबी हुई कक्षा में आयी। बच्चे अभिवादन में उठ गये, पर सुंगा चुइंगम चबाता हुआ ढिठाई में बैठा रहा। शीला ने अनदेखा करते हुए रजिस्टर निकाला। वह नाम ले रही थी कि काग़ज़ को मोड़कर बनाया गया तीर उनके गालों को छूता हुआ ऐन रजिस्टर पर आ गिरा।

शीला ने चौंककर देखा।

कक्षा में हँसी की लहर दौड़ गयी। सुंगा चुइंगम चबाता हुआ जाने कहाँ देख रहा था।

शीला का चेहरा लाल हो गया।

"किसकी करतूत है यह?"

किसी ने मुँह नहीं खोला।

"बताओ, किसने किया यह?"

सब सिर झुकाये हँसी दबाने की कोशिश में थे कि शीला ने पुकारा, "सुंगा!"

वह जैसे चौंककर मुड़ा।

"सुंगा!" उसने दोबारा नाम लिया।

वह अलसाता हुआ उठ खड़ा हुआ।

"तुमने किया है ना यह?"

उसने भौंहें सिकोड़ लीं।

"मुझे क्या पता?"

"मैं सब जानती हूँ। आज तक यहाँ किसी ने ऐसी हिम्मत नहीं की। पता है क्यों, तुम्हारी तरह निशाना लगाना किसी को आता भी तो नहीं है।"

उसने हल्के आश्चर्य से उसे देखा। फिर आँखें फेर लीं।

"यह निशाना अगर कक्षा के बाहर लगाते तो कम-से-कम चार लोग तो तारीफ़ करते।"

वह चुप खड़ा रहा।

"बैठ जाओ।"

वह उसी तरह अलसाते हुए नीचे पैर पसारता हुआ बेंच पर बैठ गया।

शीला ने उस ओर ध्यान नहीं दिया। किताब खोलकर पढ़ाने लगी। सुंगा सारे समय कभी लड़कियों को देखता, कभी खिड़की के बाहर पेड़ों को देखता, कभी मेज़ पर कुछ घसीटता रहा।

घण्टी बज गयी। कक्षा के बाहर जाते हुए, शिक्षिका के सामने ही जेब से सिगरेट निकालकर सुलगायी और बाहर निकल गया।

अहाते के बाहर राजीव जीप लिये खड़ा था। रगों में जैसे ख़ून दौड़ गया। उत्साह के साथ जीप पर जाकर बैठ गयी।

"घर ही चलना है ना?"

"हाँ, पर राजभवन होकर क्यों न चलें। मौसम ठण्डा है।"

"ओ. के.।"

जीप एकदम नहीं चल पायी। सड़क के दोनों ओर बच्चों की भीड़ तितर-बितर हो आयी थी।

"आइन्दा जीप कहीं और खड़ा किया करूँगा।" वह बुदबुदाया। "एक्सक्यूज़ मी मिस।"

वह मुड़ी।

सुंगा था।

"मुझे लिफ्ट मिलेगी? मार्केट प्लेस तक जाना है।" उसने राजीव को देखा।

राजीव का चेहरा कठोर हो आया—"बस, आज तो दिये दे रहा हूँ।"

"कल से तो मैं आपको लिफ्ट दिया करूँगा, मिस। मेरा स्कूटर जो आ जाएगा।"

सुंगा की आँखों में व्यंग्य था। राजीव गुस्से में कुछ बोलने ही वाला था कि उसने उसकी जाँघ पर हाथ रखकर आँखों से बरज दिया—

"ओ.के. हाप इन।"

"थैंक्यू" सुंगा उसके पास आकर बैठ गया। पसीने की बू नथुनों में घुस गयी।

राजीव चुपचाप मार्केट की ओर जीप चलाने लगा।

सुंगा बेहद लापरवाही के साथ एक मिज़ो गीत गुनगुना रहा था। उसकी आवाज़ और लय में मिठास थी। वैसे भी मिज़ो बेहद हँसमुख होते हैं। संगीत-नृत्य में रुचि रखनेवाले। अक्सर सभी गाते हैं। इसकी आवाज़ में कुछ ख़ास मिठास थी।

मार्केट प्लेस आ गया था। राजीव ने गाड़ी रोक दी।

सुंगा उतरने लगा कि शीला के मुँह से अनजाने ही निकल गया—

"बहुत अच्छा गाते हो सुंगा!"

उसके चेहरे की शरारत जाने कहाँ ग़ायब हो गयी और हल्की-सी लाली दौड़ गयी।

"कोलोमे (धन्यवाद) मिस। मैं तो इससे बढ़िया गिटार बजाता हूँ।"

"आइ वुड लव टु हियर।"

"कल हो जाए।"

वह सीटी बजाता हुआ भीड़ में विलीन हो गया।

जीप तेज़ी के साथ स्टार्ट हुई।

"कौन है यह ढीठ?"

"लड़का है। लाल गंगा का बेटा।"

"किसका बेटा?"

"लालगंगा का। लालगंगा—अण्डरग्राउण्ड आतंकवादी।"

राजीव ने सीटी बजायी। "यह तो बाप को भी पीछे छोड़ देगा।"

"मेरे क्लास में ही है। हेडमिस्ट्रेस ने मुझे ख़ास चेतावनी दी है।"

"और इसीलिए आप उसे सिर पर बैठा रही हैं, क्यों?"

वह हँस दी।

"यह तो मानते हो ना कि वह अच्छा गाता है।"

राजीव चुपचाप जीप चलाता रहा।

"इसे इतना सिर मत चढ़ाओ। कुछ फासला बनाये रखना ही ठीक है। वरना तुम मुसीबत में फँस जाओगी।"

"मैं तो ख़ुद वैसा ही रहना चाहती हूँ। पर मैं दिखावा नहीं कर सकती।"

गाड़ी राजभवन की ओर जा रही थी। दोपहर की धूप भली लग रही थी। इधर-उधर छितरे मकानों में ढेरों क्लाडियोली के फूल खिले थे। सामने की मेघ शृंखला घने कुहासे में छिपी थी। जैसे कोई सफ़ेद परदा लटका हो। कितनी प्यारी जगह है यह!

राजीव ने मोड़ पर गाड़ी घुमाते हुए कहा, "तुम सहज भली ही बनी रहो ...पर वह यह कतई नहीं भूलेगा कि तुम ग़ैरप्रवासी हो। यह तो उसके ख़ून में रच-बस गया है।"

वह ठीक ही तो कह रहा था। ये सब मिज़ो बाहर से आये हुए लोगों को

हमेशा सशंकित दृष्टि से देखते हैं जैसे आदमी को देखकर पशु सहमने लगते हैं। भीतर एक नामालूम-सा शौक व्याप्त हो गया। इस सबके पीछे ठोस कारण ज़रूर होंगे। उसने सोचा। वे निराशाएँ जिसे पीढ़ी-दर-पीढ़ी वे झेलते आ रहे हैं...टूटे हुए सपने...छिन्न-भिन्न होती आशाएँ।

सुंगा की लापरवाही इन्हीं की परिणति है। आँखों का व्यंग्य इन्हीं से उपजा है।

राजीव ने उसे पास खींच लिया। वह जैसे चेत गयी।

"उसके बारे में अब सोचना छोड़ो।"

"मैं कहाँ सोच रही हूँ?"

"तो फिर ठीक है।"

"राजीव, देखो गाड़ी चलाते वक़्त ऐसी हरकतें करोगे तो हमारा अन्तिम संस्कार मिज़ोरम में ही होगा।"

"वैसे शीला, ऐसे चरम आनन्द के क्षण में मरना भी सुखद होगा।"

"नहीं, धन्यवाद! मेरी उम्र अभी बहुत कम है।"

उसने हँसते हुए उसे और कस लिया।

"मैं आइन्दा तुम्हारे साथ जीप में नहीं आऊँगी।"

"मत आओ, जाने कितनी मिज़ो लड़कियाँ लिफ्ट के लिए तरसती हैं।"

"थू! बेशर्म हो बिलकुल।"

वह फिर हँस पड़ा।

घर आ गया था। सीधी चढ़ाई थी। उसने सरलता से जीप ऊपर चढ़ायी।

जीप की आवाज़ सुनकर सोनार दरवाज़ा खोलकर बाहर आ गया। राजीव को देखकर भोलेपन के साथ मुस्कुराया, फिर बोला, "नमस्ते साब।"

अक्सर शीला को सन्देह होता, क्या वह वाकई भोला है या महज अभिनय कर रहा है?

सोनार नेपाल का रहनेवाला है। पर इसकी तीन पीढ़ियाँ लगातार मिज़ोरम में रह रही हैं। यहाँ की भाषा बहुत सहजता से बोल लेता है पर अक्सर कहता है मिज़ो की आदतें उसमें कतई नहीं हैं। उसने अक्सर उसे मिज़ो लड़कियों से बतियाते देखा है।

"क्यों सोनार? मिज़ो लड़कियाँ अच्छी लगती हैं तुम्हें?" वह अक्सर उसे छेड़ती।

वह सकुचा जाता।

"मन और शरीर में फ़र्क़ है मेम साब।" वह जब भी राजीव के आलिंगन में होती तो सोनार के यही वाक्य उसे एकदम यथार्थ लगते।

वह अलसाती हुई भीतर आयी।

“बस, गरमागरम चाय लाओ, सोनार।”

“साथ ही, थोड़े से पकौड़े भी।” राजीव ने जोड़ा।

वह हँसी।

“मेहमान को तो भूल ही गयी।”

“तुम मेहमान की तरह बने रहते तो याद भी बनी रहती।”

“और जो मैं, वैसा ही रहने लगूँ तो फिर ऐसे थोड़े ही बातें करोगी?”

उसने मुँह चिढ़ाया और कपड़े बदलने उठ गयी।

“चाप पी कर थोड़ा घूमा जाए तो कैसा रहे?”

“न।”

“क्यों?”

“मूड नहीं है।”

“पर क्यों?”

“लालगंगा के बेटे ने मूड बिगाड़कर रख दिया।”

वह हँस पड़ी।

“अगर उसने न बिगाड़ा होता तो तुम चलते, क्यों?”

“बिलकुल!”

वह दोबारा हँसती हुई भीतर आ गयी। साड़ी बदल ली। मुँह धोकर पाउडर लगाया और एक ढीला-ढाला काफ़्तान पहनकर दोबारा जब उसके सामने आयी तो उसने हल्की सीटी बजायी।

“तुमने मेरा मूड कैसे पहचान लिया?”

“मैं तो सिर्फ़ इतना जानती हूँ कि तुम्हारा मूड हमेशा एक-सा ही रहता है।”

सोनार ट्रे लेकर आ गया।

गरमागरम पकौड़े और चाय ने मौसम की ठण्डक में फुर्ती ला दी।

सोनार प्यालियाँ उठाने आया तो राजीव गम्भीर चेहरा बनाकर बोला, “अब रात के खाने तक हमें कुछ नहीं चाहिए।”

उसकी हँसी छूट गयी।

“अच्छा साब।” सोनार के उत्तर में भोलापन था। उसका मालिकाना व्यवहार बड़ा सहज लगता था। पर मिज़ोरम की सीमा पार करते ही उसके हाव-भाव, समूचा व्यवहार बदल जाएगा, इस बात को वह भूल नहीं पाती। उसने खिड़की से बाहर देखा। कुहासा पर्वतों को लीलने लगा था। अक्सर उसे लगता है कि यह पर्वत और यह कुहासा उसके लिए कवच की तरह हैं। इस तरह की ज़िन्दगी अगर अपने गाँव में जीती होती तो क्या कहता गाँव उसके बारे में?

गाँव...तीन हज़ार मील दूर...गाँव!

“क्या सोच रही हो?”

उसकी बाँहें सीधे से आकर कमर के गिर्द लिपट गयीं। गर्दन के पिछले हिस्से में उसके होठों की छुअन।

बस वह दुनिया जहान और नाम तक भूल गयी।

सुबह शीला की नींद जल्दी ही खुल गयी। धूप कमरे में सीधी उतर आयी थी। आँखें खुलते ही, एक पल को भ्रम हुआ। जैसे वह कांजीवरम में है।

कांजीवरम!

ओह, कितना अरसा गुज़र गया है कांजीवरम छोड़े!

लहँगा-ब्लाउज़ ही पहनती थी जब छोड़ा था। अब तो कांजीवरम की याद भी जैसे जन्म की याद-सी धुँधली हो गयी। पर याद अब भी बनी है। उसके शरीर का अंग बनकर रह गयी हैं वे तो।

कांजीवरम में होती इस वक़्त तो पक्षियों की चहचहाहट इस समय गूँजती। पर यहाँ आकाश में उसने एक पक्षी तक को उड़ते नहीं देखा। पक्षियों के बग़ैर यह शहर उसे अजूबा लगता। उसे पता था कि मिज़ो पक्षियों को मारकर खा जाते हैं इसीलिए यहाँ पक्षी नहीं हैं। और तो और गली में एक कुत्ता या बिल्ली तक नहीं।

अगर यह कांजीवरम होता तो मन्दिर, घरों और दहलीज़ पर पानी छिड़कने की आवाज़ के साथ सुबह होती।

कितना फ़र्क़ है कांजीवरम और ऐजल में। कल्पना भी नहीं कर सकती। यहाँ के लोगों और उनकी संस्कृति को देखकर लगता है जैसे वह कहीं विदेश में है।

वह झटके के साथ उठ गयी। आज सुबह ही कांजीवरम की याद आ गयी, मन कुछ खिन्न हो गया। अपनी संस्कृति को क्या नाम देगी वह। कांजीवरम में शुरू के पूरे दस साल गुज़ारे हैं। कौन-सी निशानी बच रही है अब? किस संस्कृति का प्रतिनिधित्व कर रही है वह?

वह बाथरूम में चली गयी। सोनार ने पानी भर रखा था। एकदम ठण्डा। यहाँ बहुत कम घरों में ही नल लगे हैं। ऐसी जगह में कैसे रच-बस गयी है वह? उसे खुद आश्चर्य होता है।

जब होश आया, माँ नहीं रही। पापा ही सब कुछ बने रहे। उसे पाला, पढ़ाया। बाज़ार, मन्दिर, कहीं भी जाते, साथ ले जाते। वे सारी यादें आज भी ताजा हैं। पापा भी एक दिन बग़ैर किसी पूर्व सूचना के अचानक चल बसे। भैया फ़ौज में था। उसे अपने साथ ले आया। यह सारी घटनाएँ पिछले पन्द्रह वर्षों की हैं। असम में कुछ साल, फिर सिल्चर, फिर ऐजल। यहाँ तक आते-आते सारे रंग-ढंग बदल गये। भैया की फ़ौजी आदतों को देखकर पहले तो धक्का लगा, कांजीवरम और पापा के लिए

मन तरसता रहा। कितनी ठण्डी रातें उसने आँखों में ही काटी थीं। धीरे-धीरे सब सहज लगने लगा। भाषा से भी परिचित हो गयी है अब तो। मिज़ो भी धाराप्रवाह बोलती है अब तो। अब तो कभी-कभी शक होता है, अगर कांजीवरम पहुँच जाए तो क्या वहाँ रह पाएगी? भैया ने शादी नहीं की, मस्त रहा, और पिछले साल मलेरिया ने उसकी भी जान ले ली तो अपना कहने को कोई भी नहीं बचा। अब घर लौटने का अर्थ भी तो नहीं रह गया था और उसने तय कर लिया था कि वह वहीं स्कूल का काम जारी रखेगी। यहाँ तो उसकी जड़ें भी नहीं, फिर भी यहाँ रह जाने के इरादे के पीछे राजीव, भैया का दोस्त का भी हाथ था। राजीव भैया का दोस्त बनकर आया था और आज उस पर हावी होकर रह रहा है।

अक्सर, वह सोचा करती है कि राजीव के भरोसे यहाँ रह जाने का निर्णय कहाँ तक उचित है। समझ नहीं पाती, वह अच्छा है या बुरा पर उसे देखते ही क्या हो जाता है इस मन और तन को? शरीर का विकार है या उम्र का? और कितने साल उसके आकर्षण को बनाये रह पाएगी वह?

सोनार चाय की ट्रे लेकर आया, तो उसकी चेतना लौटी। सुबह उठते ही अगर मन इस तरह भागने लगा तो बस काम हो चुका। वह उठ गयी। बाहर की घण्टी बजी। उसने प्याली रख दी और दरवाज़े की ओर जाने लगी। सोनार भीतर से भागा आया।

"रुकिये मेम साब, हम देखता है।"

घण्टी इस बार और जोर से बजने लगी। उसने खिड़की से झाँका। एक मिज़ो लड़की थी, झार-झार रोती हुई।

"एक लड़की है, सोनार।" उसने धीमे से कहा।

सोनार ने भी झाँककर देखा और दरवाज़ा खोल दिया। तब तक वह लड़की एक बार और घण्टी बजा चुकी थी। सोनार के दरवाज़ा खोलते ही वह झट भीतर आयी और दरवाज़ा बन्द कर दिया।

"कहीं छिपने की जगह मिलेगी।" उसने मिज़ो में कहा।

उसके चेहरे पर छाये आतंक और उसकी हड़बड़ाहट को देखकर शीला को उस पर तरस आ गया। सोनार पूछने लगा था कि वह लौटकर बोली, "अभी कुछ मत पूछो। स्टोर में छिप जाएगी। बाद में पूछ लेते हैं।"

सोनार बेमन से उसे भीतर ले गया। थोड़ी देर शान्त रहा। स्कूल के लिए देर हो रही थी और वह तैयार होने लगी तो बाहर एक आदमी के चीखने-चिल्लाने की आवाज़ से ध्यान बँट गया। मिज़ो भाषा में कुछ चीख़ रहा था।

शीला खिड़की के पास आयी।

वह ख़ूब पिये हुए था और उसका चेहरा लाल हो आया था।

"आपको भीतर में जाने का मेम साब" सोनार ने डपटते हुए कहा।

वह भीतर आ गयी।

बाहर से आवाज़ तेज़ हो गयी।

"यहाँ कोई लड़की आयी थी?"

"नहीं।"

"गोरी-चिट्टी, घोड़े की-सी चालवाली।"

"यहाँ न घोड़ा आया है न हाथी।"

"आये तो उसे मार डालना या फिर मुझे बुला लेना। मैं यहीं नुक्कड़ पर बैठा हूँ। हम दोनों मिलकर उसे पहाड़ की चोटी से लुढ़का देंगे।"

"अच्छा!"

वह आदमी कुछ बड़बड़ाता हुआ वहाँ से हट गया।

शीला को हँसी आ गयी। इस तरह के पुरुष यहाँ अक्सर मिल जाते हैं। वह नहाने चली गयी। ये भी जो पियक्कड़ होते हैं। पीने के लिए कोई वक़्त नहीं होता। आँखों में दहशत लिये भाग कर आयी लड़की का ध्यान आया। कितनी रेखाएँ हैं उसके चेहरे पर! जैसे एक-एक रेखा के पीछे एक-एक कहानी छिपी हो।

वह नहाकर आयी तो सोनार को बुलाया।

"उस लड़की को तुम भगाना मत। कुछ खाने को दे देना।"

"अच्छा।"

वह मिज़ो लोगों पर कम विश्वास रखता है, वह जानती है। वह अक्सर सोचा करती है कि उसकी दृष्टि बहुत संकुचित है।

जीप की आवाज़। ओह राजीव आ गया। देर हो गयी।

वह जल्दी से खाना खाने बैठ गयी।

"आज अभी तक तैयार नहीं हुई?"

राजीव हँसता हुआ उसके पास आकर बैठ गया। सोनार ने एक प्याली चाय लाकर रख दी।

"ओह हाँ, आज सुबह यहाँ बखेड़ा खड़ा हो गया। वही तमाशा देख रही थी, उसी में देर हो गयी।

"कैसा तमाशा?"

उसने पूरी बात बतायी तो एक मिनट वह चुपचाप सोचता रहा।

"शीला, इस पचड़े में मत पड़ा करो।"

शीला ने आश्चर्य से देखा। "कमाल है, कोई लड़की रोती हुई आए तो भगा कैसे देती? मैं कोई पूर्वाग्रह नहीं पालती, राजीव। मैं तो पूरे आदमजात को एक ही आँखों से तोलती हूँ।"

"महान् हो।" राजीव हँसा। "पर पूरी दुनिया भी तो वैसा सोचे!"

“बस, विश्वास रखना होगा, यही तो ज़रूरी है। अब देखो, अगर तुम पर ही विश्वास नहीं करती तो...”

“नहीं करती तो...?”

“इस क़दर आँखें बन्द किये तुम्हारी गुलाम न बनी रहती।”

राजीव मुस्कुराता हुआ जीप की ओर चल दिया।

“आँखें बन्द करना ही तो ग़लत है न। बस खुली रखा करो।”

वह चुपचाप उसकी बगल में बैठ गयी।

वह भी शायद सोच में डूबा था। मन की बात आज बातों-बातों में कह गयी, इसमें कोई हर्ज़ नहीं। उसने अपने को समझाया। कब तक प्रतीक्षा करती रहेगी! इस महत्त्वपूर्ण समस्या में कोई निर्णय लेने में इसे तकलीफ़ क्या है? इसी ने कहा था कि इसके माता-पिता, भाई और बहन तिरुनेलवेली में रहते हैं। जब से दोनों में सामीप्य बढ़ा है, वह अक्सर शादी का ज़िक्र कर चुकी है। पर हर बार उसका एक ही उत्तर होता है—“अभी जल्दी क्या है?”

आज धूप तेज़ नहीं थी। मौसम ठण्डा था। जीप ऊपर-नीचे होकर जाती रही। हवा का भरपूर झोंका सहलाता रहा। राजीव का मौन खलने लगा।

अच्छा है। कम-से-कम आज के दिन तो शरारत छोड़कर कुछ सोचे। स्कूल आ गया। उसे जैसे तभी याद आया, अचानक बोला—“शीला, शाम को मैं नहीं आ पाऊँगा। परेड में जाना है।”

“ठीक है। मैं चली जाऊँगी। डोंट वरी।”

प्रार्थना-सभा की ओर जाते मन में जैसे कुछ खटकने लगा था। उसका यह निर्णय अचानक तो नहीं किया गया?

बच्चे आ गये थे। सूसन ने उसे देखकर ‘गुड मार्निंग’ कहा। वह अभिवादन का उत्तर देकर अपनी जगह पर आकर खड़ी हो गयी।

सुंगा पिछली पंक्ति में चुइंगम चबाता हुआ उसी को घूर रहा था।

प्रार्थना-सभा के ख़त्म होते ही सभी कक्षा की ओर जाने लगे। तभी सुंगा ने उसे देखकर आवाज़ दी।

“हाय मिस!”

“हाय सुंगा!” वह आत्मीयता से बोली।

“आज मैं अपना वेस्पा ले आया हूँ।” वह उत्साहित था।

“ओह, गुड, लाइसेंस तो है ना?”

“लर्नर लाइसेंस है। मैं तो जब केवल बारह का था तब से यहाँ के लल्लुओं से बढ़िया चलाता रहा हूँ।”

उसके लहजे पर उसे आश्चर्य हुआ। अजीब-सा ढीठपना था उसके स्वर में। साथ ही घमण्ड, जैसे किसी कमज़ोरी को छिपाना चाहता हो।...

"वेरी स्मार्ट। पर यहाँ ऐसी जगह ही कहाँ है, जहाँ वेस्पा ले जाओगे?"

"शिलांग में तो ढेरों जगहें होंगी।"

"ओह शिलांग... कितनी सुन्दर जगह है!" उसकी आँखों में सपने तैर गये। उसे लगा, यह लड़का प्रकृति को प्यार करता होगा।

"पर मिस, यहाँ भी अच्छी जगहें हैं, आप देखेंगी?"

वह एक क्षण उसे देखती रही। इसके बलिष्ठ शरीर के पीछे एक बचपना है।

"ओके।" वह मुस्कुरा दी, "किसी छुट्टीवाले दिन चलते हैं।"

"थैंक्यू मिस।"

वह आश्चर्य में डूबी कक्षा की ओर बढ़ गयी। यह केवल शरारती नहीं है, इसमें कुछ अच्छाइयाँ भी हैं। यह अभी तक बच्चा है। इसकी शरारतें इसकी उम्र की ही हैं। अगर इसे सही रास्ता मिल जाए तो सुधर जाएगा।...

पहला पीरियड सातवीं कक्षा का था। आठवीं कक्षा में गणित का पीरियड चल रहा था। लीना ही लेती थी। उसने किताब खोलकर पढ़ाना शुरू किया।

सहसा कहीं शोर मचने लगा। लीना मिज़ो और अँग्रेज़ी में बकती-झकती हेडमिस्ट्रेस के कमरे की ओर जा रही थी। शीला को लगा, ज़रूर सुंगा ने कोई शरारत की होगी। सोचते ही इसके होठों पर मुस्कुराहट तैर गयी।

थोड़ी देर में हेडमिस्ट्रेस का बुलावा आ गया।

वह जल्दी से लपकी। लीना का चेहरा लाल हो आया था। शायद रोयी हो।

सूसन ने शीला को देखा।

"यस मैडम!"

"वही कल वाला नया लड़का। तुम्हें उसने परेशान तो नहीं किया?"

"परेशानी तो नहीं कहूँगी। हाँ, बस ज़रा-सी शरारत की थी। फिर उसकी तो उम्र ही है।"

"क्या किया था?"

"काग़ज़ को मोड़कर तीर बनाकर और निशाना साध दिया, बस।"

"देखा आपने, मैंने क्या कहा था? सीधा मेरी आँखों में आकर लगा।"

"पर तुमने कल ही क्यों नहीं बताया?"

"मैं तो पहले ही दिन इस बात को तूल नहीं देना चाहती थी। मैंने उसकी हरकत को नज़रअन्दाज़ कर दिया, इसीलिए शायद वह चुप रह गया।"

"थैंक यू शीला।"

लीना अब भी भरी बैठी थी।

शीला बाहर आ गयी। सूसन के बारे में सोचकर आश्चर्य होता है। अन्य मिज़ो लोगों से यह अलग है। उसके साथ बेहद आत्मीयता और अदब के साथ पेश आना है।

घण्टी बजी। आठवीं कक्षा में जाना था। टीचर के कक्षा से निकल जाने के कारण मछली बाज़ार हो रहा था।

उसे आते देख आवाज़ें थम गयीं।

सब जैसे चुप बैठने के लिए पूरा प्रयास कर रहे थे।

"सुंगा, मैं तुम्हें इस कक्षा का मानीटर बनाना चाहती हूँ।"

वह चौंक गया। बाक़ी बच्चे हकबकाये से उसे देखते रहे।

"इस कक्षा में तो अनुशासन रह ही नहीं गया। जानते हो, जब मैं यहाँ आ रही थी, तो किस कदर शोर मच रहा था। तुम इनमें बड़े हो। तुम्हीं इन्हें सँभालोगे, अच्छा?"

वह अब भी शायद समझ नहीं पा रहा था।

"जानते हो मानीटर का पहला काम क्या है? उपस्थिति रजिस्टर लाना।"

वह झट आगे आया।

"कहाँ है मिस!"

"ऑफिस के कमरे में।"

उसने सिर हिला दिया और बाहर चला गया।

वह क्लास टीचर थी, इसलिए उपस्थिति भी वही लगाया करती। सुंगा ने रजिस्टर पकड़ाया तो मुस्कुराकर 'थैंक्यू' कहा।

उस दिन कक्षा में एकदम शान्ति थी। उसे ख़ुद आश्चर्य हुआ। सुंगा सब पर नज़र रखे था। उसे हँसी आ गयी। उसे लगा, यह बच्चा ध्यान आकर्षित करना चाहता है। इसकी पैदाइश की वज़ह से ही इसके साथ उदासीनता बरती गयी होगी। और यही कारण है कि यह सबका ध्यान शरारत से आकर्षित करना चाहता है। इसके पहले कि वह शरारत करे उस पर ध्यान देना आवश्यक है।

कक्षा के बाद उसने सुंगा को देखकर कहा, "थैंक्यू सुंगा, आज तुमने कक्षा पर अच्छी नज़र रखी। देखा, कितनी शान्ति थी!"

वह लज्जा से मुस्कुरा दिया।

वह घर के लिए चल दी। ऑफ़िस के कमरे के पास लीना मिल गयी।

शीला को देखते ही उसने मुँह फेर लिया। शीला को हँसी आ गयी। यह तो सुंगा से भी छोटी है, उसने सोचा।

गेट के पास आने पर ही याद आया कि आज राजीव नहीं आएगा। कोई बस भी नहीं जाती। पैदल ही रगड़ना होगा। अच्छा है जो धूप नहीं है। आराम से चला जा सकता है। बस सँकरे रास्ते में जीपों और ट्रकों को रास्ता देते हुए चलने में थोड़ी दिक़्क़त हो रही थी। एक ओर ऊँचे गगनचुम्बी पर्वत और दूसरी ओर गहरी खाई। ऐसे में सुंगा कैसे मोटर साइकिल चला पाएगा?

वह हटकर खड़ी हो गयी। पास ही मोटर साइकिल आकर रुकी।

"सुंगा।"

उसे देखकर मुस्कुराया।

"हैलो मिस! आपके ब्वॉय फ्रेण्ड नहीं आये आज?"

"नहीं।"

"मैं आपको पहुँचा दूँ?"

"न।"

"क्यों? अरे घबराइए नहीं। मैं अच्छा चला लेता हूँ।"

वह हँस दी। यहाँ तो पुरुष-स्त्री उम्र का कोई लिहाज नहीं करते और बिना किसी ग्रन्थि के परस्पर मेलजोल रखते हैं। ये लोग तो वर्गवाद भी नहीं मानते। उसने कई बार देखा है कि धनिक-से-धनिक भी मज़दूरों के साथ बैठकर आराम से भोजन करते हैं।

"क्या सोच रही हैं? मुझ पर विश्वास नहीं है ना!"

यहाँ के मिज़ो भले ही ग़लत न समझें पर बाहर से आये प्रवासी भारतीय क्या सोचेंगे। पर सुंगा के चेहरे के भोलेपन ने सारी हिचकिचाहट को दूर कर दिया।

"अच्छा चलती हूँ" वह पीछे बैठ गयी।

"आपका घर कहाँ है मिस?"

"शिवाजी टीला।"

उसने गाड़ी स्टार्ट की। आराम से गाड़ी चला रहा था। आधी दूरी तय कर ली थी कि बोला, "शिवाजी टीले के पास एक प्यारी जगह है। मैंने तो वहाँ अद्भुत ऑर्किड देखे हैं। आज आपको दिखा दूँ?"

एक मिनट सोचती रही।

"ओ.के.।"

"थैंक यू मिस!"

सुंगा सीटी बजाता हुआ गाड़ी चलाता रहा। शिवाजी टीले के पासवाली ढलान में गाड़ी दूसरे रास्ते से मुड़ गयी। दोनों ओर घने ऊँचे पेड़ थे। एक छोटा-सा झरना भी था। आज तक यहाँ कभी नहीं आयी।

सुंगा ने गाड़ी धीमी की। तभी उसने ऑर्किड के फूल देखे। सफ़ेद, पीले, बैंगनी। आज तक नहीं देखे थे। ओह कितने सुन्दर थे!

गाड़ी रोककर सुंगा थोड़ी देर उधर ही देखता रहा। चुपचाप, जैसे रम गया हो। उसकी ख़ुशी को देखकर उसे आश्चर्य हुआ। वह उसका ध्यान भंग नहीं करना चाहती थी। वह झट पीछे मुड़ा—

"कितनी सुन्दर जगह है ना, मिस। यहाँ आता हूँ तो जाने क्यों माँ की याद आती है।"

उसने उसकी ओर आश्चर्य से देखा। उसके स्वर में तकलीफ़ थी।

वह अचानक ही हँस पड़ा—“कितनी विचित्र बात है ना मिस?”

“नो।” उसने उसे गहराई में देखा।

“तुम्हारी माँ...अब...”

वह धीमे से हँसा।

“नहीं है, उसे गुज़रे दो साल हो गये।”

“ओह आय’म सारी।”

उसने उत्तर नहीं दिया और चुपचाप उन फूलों के पास जाकर खड़ा हो गया।

“माँ बहुत कम बोलती थी। हँसती भी धीमे ही थी। बस उनका प्यार तो उनकी आँखों में ही छलकता रहता था।”

वह कुछ देर उन पेड़ों को, आकाश को और झरने को देखता रहा।

“जब भी इस शान्त जगह में आता हूँ, लगता है माँ की समाधि के पास पहुँच गया हूँ।”

“तुम्हारी माँ, छोटी उम्र में कैसे गुज़र गयी?”

उसका चेहरा लाल हो गया। आँखों में गुस्सा तैर गया।

“मेरे पापा की वजह से।”

वह चौंकी।

“जाने कैसा बुख़ार चढ़ आया था माँ को। डॉक्टरों की समझ से परे था वह। यहाँ दवा-दारू क्या हो पाती? मैंने पापा को कितना समझाया था कि उन्हें सिल्चर लेकर चलें। पर मना कर दिया उन्होंने यह कहकर कि सड़क ठीक नहीं है, बारिश के दिन हैं। रास्ते भर लैण्ड स्लाइड होंगे। चाहते तो हेलीकाप्टर में लिवा जाते। पापा की दोस्ती सारे मिनिस्टरों से है। पर पापा ने मेरी बात नहीं मानी।”

उसके स्वर में छिपी नफ़रत पर उसे आश्चर्य हुआ।

“शायद पापा को इस बात का अन्देशा भी नहीं रहा होगा कि तुम्हारी माँ गुज़र जाएँगी।” वह धीमे से बोली।

“उँह”, वह लापरवाही से बोला। “पापा, ख़ूब समझते थे। पर उन्हें फ़िक्र ही कहाँ थी! उनके लिए तो आदमी की जान की कोई क़ीमत नहीं।”

वह उसे आश्चर्य से देखती रह गयी। इसके मन का द्वेष इतनी आसानी से नहीं हट सकता।

“आपको मिज़ो लोगों के इतिहास का पता है मिस? सुनते हैं, हमारे पूर्वज अपने शत्रुओं को मारकर उनके मुण्डों की माला पहनते थे। पापा के पास वही संस्कार बचा है। बस इतना फर्क है कि वे माला नहीं पहनते।”

वह सिहर उठी।

धीमे से बोली—“हो सकता है, तुम्हारी धारणा ग़लत हो। इतना क्रोध और आक्रोश पालना अच्छा नहीं होता।”

"आपके पापा भी ऐसे होते तो आप भी यही होतीं मिस।" फिर उसे एक क्षण घूरकर बोला, "आपके पापा ऐसे कतई नहीं रहे होंगे। आपके पापा ज़रूर बेहद नेक इन्सान रहे होंगे। तभी ना आप भी वैसी हैं।"

भीतर जैसे कोई प्रवाह उमड़ पड़ा।

"कैसी हूँ?"

"प्यार के अलावा कुछ और आप सोच ही नहीं सकतीं।"

"थैंक यू सुंगा।"

"चलिए मिस, थोड़ा चलते हैं।"

वे चलते रहे और वह पूरे उत्साह के साथ फूल दिखाता रहा।

अँधेरा फैलने लगा था।

"देर हो गयी, सुंगा"—उसने जल्दबाजी की।

"हम यहाँ अक्सर आएँ मिस?"

"हाँ, हाँ।"

"थैंक यू, मिस।"

उसके धन्यवाद पर उसे हँसी आ गयी। काफ़ी उत्साह के साथ गाड़ी चलाता रहा। घर के बाहर जीप खड़ी थी। भीतर जैसे कुछ दहल गया।

"भीतर चलो ना, सुंगा!"

"नहीं मिस, फिर कभी आऊँगा। आज देर हो गयी।" हल्की-सी मुस्कान के साथ बोला।

"आपके ब्वॉय फ्रेण्ड भी तो इन्तजार कर रहे हैं।"

उसे लगा, उसके भीतर का युवक सचेत हो गया है। वह सकुचा गयी।

"गुड नाइट, मिस।"

"गुड नाइट!"

सीढ़ियाँ चढ़ रही थी तो देखा खिड़की के पास खड़ा राजीव मोटर साइकिल को जाते देख रहा है।

इसने तो आज आने को मना किया था फिर अचानक कैसे चला आया? शाम होते ही गुस्सा ठण्डा हो गया होगा।

भीतर कुछ कुलबुलाने लगा।

वह भीतर आकर सहजता से बोली, "हैलो! आज तो तुम्हें आना नहीं था ना!"

"और तुम इसी बात के इन्तज़ार में थीं, क्यों?"

वह चौंक गयी। क्या कह रहा है यह? "व्हाट डू यू मीन?"

"मौक़ा लगते ही किसी के साथ घूमने निकल गयीं।"

वह हँस पड़ी "तो तुम भी ऐसा बर्ताव कर सकते हो। वह जानते हो कौन था? सुंगा, मेरा छात्र।"

"एकदम शरारती।"

वह फिर हँसी।

"बच्चा है। नटखट है। जानते हो, मन का कितना साफ़ है?"

उसने एकदम सिर उठाकर देखा।

"एक ही दिन में उसके मन की थाह मिल गयी और यहाँ अरसा हो गया पर मेरे मन को नहीं समझ पायीं।"

तो यह सचमुच गुस्सा है। पर इसे हक़ भी क्या है गुस्सा होने का? उसे खीझ हो आयी।

कुछ देर वह चुप रही। फिर धीमे से बोली, "सच कहूँ राजीव, निश्छल और खुले मन वालों को जल्दी समझा जा सकता है।"

"तो क्या तुम कहना चाहती हो कि मैं कपटी हूँ?"

उसका मन खिन्न हो गया।

"पता नहीं राजीव, यह छल है या पुरुषोचित अहं।"

"क्या कहना चाहती हो?"

उसका स्वर गुस्से में ऊँचा हो गया था।

उसने सिर झुका लिया। "अभी तुम पर पूरी तरह से विश्वास नहीं कर पायी हूँ, राजीव। वजह तुम ही हो। ज़रूरी समस्या को टाल जाया करते हो। तुम्हें बस मेरा शरीर ही दिखता है, मन नहीं। औरतों के प्रति बरती जानेवाली वही पुरुषोचित लापरवाही..."

"कैसी लापरवाही...।"

"तुम्हारी बातों में, दृष्टिकोण में, व्यवहार में..."

वह हँस पड़ा अचानक।

"सोचता हूँ, अगर तुम्हें औरत समझना छोड़ दूँ तो तुम्हें कैसा लगेगा?"

कितनी बार ऐसी बातें सुन चुकी है। खीझकर खिड़की के पास चली गयी।

"मैं केवल औरत नहीं हूँ। मेरे पास भावनाएँ भी हैं।"

"हाँ, हाँ तुम केवल औरत नहीं हो। 36-24-36..."

उसे हँसी नहीं आयी। वितृष्णा-सी होने लगी। सहसा सुंगा की याद आ गयी। ऑर्किड के फूलों की प्रशंसा करनेवाला सुंगा। क्या राजीव इस तरह प्रकृति पर मुग्ध हो सकता है? इसकी रुचि तो बस एक ही जगह है।

"थू!"

वह चौंक गयी। क्या हो गया है उसे आज। कौन-सा दर्शन हाथ लगा है।

राजीव के हाथ उसकी कमर के इर्द-गिर्द कस गये। गर्दन पर उसके होठों की छुअन। पर आज इस स्पर्श मात्र से शरीर नहीं पिघला। उसने अपने को छुड़ा लिया। उसने आश्चर्य से उसकी ओर देखा।

"क्या हुआ?"

"ओह, मैं बेहद थकी हूँ।" वह खीझकर बोली। "मैं उस ज़रा-से लड़के के साथ क्या आ गयी, तुम गुस्साने लग गये!"

"वह ज़रा-सा लड़का नहीं है, समझी। उसकी उम्र में मिज़ो लड़के तो बाप भी बन जाते हैं।"

"पर मेरी उम्र इस समय पच्चीस है, जानते हो?"

"तो क्या हुआ?"

छिः कैसा शक्की मिजाज़ है इसका? वह बुरी तरह चिढ़ गयी।

चुपचाप भीतर चली गयी। बाथरूम में जाकर मुँह-हाथ धोने लगी। ठण्डे पानी ने आँखों के साथ-साथ मन को भी जैसे सहला दिया। वह बाहर निकली तो राजीव उसके पलँग पर आराम से बैठा था।

वह अनदेखा-सा करती हुई शीशे के सामने जा खड़ी हुई और बाल सँवारने लगी। आज वह इसके सामने नहीं पिघलेगी, किसी भी क़ीमत पर।

"आज इस क़दर बिफरी क्यों हो? मैंने लिफ्ट नहीं दी, इसीलिए तो नहीं।"

"छिः, अगर तुम यह समझते हो कि मैं इन छोटी बातों पर नाराज़ हुआ करूँगी तो इसका मतलब हुआ, तुमने मुझे समझा ही नहीं।"

"फिर इतना गुस्सा कैसा?"

"किसने कह दिया हम गुस्सा हैं?"

"जान बची। मैं डर गया था कि कहीं सचमुच ही नाराज़ न हो जाओ। ओह!" वह हँस पड़ा। "आजकल बिलकुल बूढ़ी की तरह बोलने लगी हो। कभी-कभी तो मुझे शक होता है, तुम्हारी उम्र पच्चीस है या फिर उसका उलटा।"

उसने अपनी हँसी दबा ली।

"हाँ, हाँ, अगर इसी तरह बातों में वक़्त गँवाते रहे तो मेरी उम्र उतनी तो हो ही जाएगी। फिर तो तुम्हारे लिए सुविधा रहेगी! आराम से टरका दोगे मुझे!"

उसका गला भर आया था। जाने कैसा दुःख था जो घुमड़-घुमड़कर उठ रहा था।

"तुम बिलकुल दकियानूस हो, शीला। अब यह शादी भी कोई ज़रूरी थोड़े है।"

"पर मेरे लिए तो है ना। अगर तुम्हारे लिए नहीं है, तो इसका मतलब हुआ कि तुम ग़ैरज़िम्मेदार हो।"

उसने सिर झुका लिया।

"घर से कोई ठीक-ठाक जवाब नहीं मिला है, शीला।"

"और आएगा भी कब? कब से यही कहे जा रहे हो। तुमने इस बारे में कुछ लिखा भी है या नहीं?"

"लिखा तो है।"

वह जानती है, वह साफ़ झूठ बोल रहा है।

वह उठकर उसके पास आ गया और उसे अपने पास खींचता हुआ बोला, "इस तरह की बातों में हमें यह वक़्त गँवाना ही होगा क्या शीला?"

और उसने वही किया जो आज तक नहीं कर पायी थी। अपने को उसकी जकड़ से छुड़ाती हुई धीमे से बोली, "प्लीज़ मुझे छोड़ दो राजीव, आज मेरा मन कुछ ठीक नहीं है।"

"ओके...ओके।" राजीव के चेहरे पर हल्का-सा गुस्सा तैर गया।

पहली बार उसने नकारा है, वह अपने को अपराधी महसूस करने लगी। प्यार से बोली, "आज जाने क्यों सुबह उठते ही कांजीवरम की याद आ गयी। साथ ही पापा की और भैया की भी याद परेशान कर गयी और फिर वह लड़की...अरे उसके बारे में तो मैं भूल ही गयी?

झट कमरे से निकल आयी।

"सोनार, ओ सोनार!" उसने आवाज़ दी।

सोनार भागा-भागा आया।

"क्या है मेम साब, चाय लाऊँ?"

"बाद में। पहले यह बताओ वह लड़की कहाँ गयी?"

"वो दोपहर में ही चला गया, मेम साब।"

"ख़ुद ही गयी थी या तुमने भगाया था?"

वह हँसा।

"ना, ख़ुद ही गयी थी। शुबू तो खाना भी दिया था।"

"तो फिर ठीक है। कुछ कहा था उसने?"

"हाँ, बोला, बहुत तकलीफ़ में है। बहुत पीता है उसका आदमी। खाने को अथेला भी नहीं देता मेम साब।"

"फिर इतना रोब क्यों जमाता है?"

सोनार सिर झुकाकर हँस दिया।

"अब तो वह भी कमाने लगी है मेम साब।"

"तो फिर ग़लती क्या है इसमें?"

सोनार फिर हँस दिया।

"पैसा कमाना तो गलत नहीं है साब, गलत ढंग से पैसा कमाना गलत है ना।"

वह समझ गयी। हल्की हँसी भी छूट गयी।

"अब बताओ सोनार, जब उसका मर्द वैसा है तो बेचारी करे भी क्या?"

उसने कन्धे उचका दिये।

"हाँ, मर्द वैसा हो तो भी यह सब करने के वास्ते हिम्मत चाहिए। मेम साब, बस आपको ही उस पर तरस आ गया।"

"अब भी मैं उसकी तरफ़दारी करूँगी।"

वह पहले कुछ नहीं बोला। फिर धीरे से उसने पूछा—"साब क्या यहाँ खाना खाएँगे, मेम साब?"

वह उसे देखती रही—"क्यों पूछने की क्या बात है? जब भी आते हैं, खाकर ही तो जाते हैं?"

"ठीक है मेम साब!"

निरा बुद्धू समझती है वह उसे, पर कितना कुछ समझने लगा है यह! उसे आश्चर्य हुआ।

वह भीतर गयी।

राजीव कोई पुस्तक पलट रहा था।

वह उसके पास जाकर बैठ गयी। उससे लड़-झगड़कर भी क्या मिलेगा? इस परदेस में तमिल बोलनेवाला यही तो मात्र एक इन्सान है। उसे कुछ भी हो यही तो उसे सहारा देता है। कितनी बार वह ज़िन्दगी भर साथ निभाने की कसमें ले चुका है—भले ही वे झूठी क्यों न हों।

इससे तुनककर कुछ नहीं मिलेगा—उसने सोचा। कितनी बेवकूफ़ी कर गयी कि सोनार तक सब कुछ समझ गया है।

"चलो राजीव, थोड़ी देर बरामदे में बैठते हैं।"

उसने सिर उठाया। उसके स्वर की आत्मीयता पर जैसे उसे विश्वास ही नहीं हुआ। फिर हल्की हँसी के साथ बोला, "ओ. के.।"

बाहर ठण्डी हवा चल रही थी। उसने शाल को कसकर लपेट लिया और बैठ गयी। सामने के ऊँचे पर्वतों और कुहासे को देर तक देखती रही।

"कितना सुन्दर है यह मिज़ोरम!"

राजीव ने मुँह बिचकाया।

"पता नहीं क्या है, तुम ही करती हो तारीफ़। न कहीं जा पाते हैं न आ पाते हैं...न कोई सिनेमा है, न नाटक, न संगीत, न कुछ। बस बार-बार वही आर्मी पार्टी। वही-के-वही चेहरे...यहाँ के लोगों के पास तो हम जा नहीं सकते।"

कुछ पल को उसने सोचा, सुंगा के बारे में इसे बताए, पर चुप लगा गयी।

"अब कब तक इन पहाड़ों को या पेड़ों को देखते रहेंगे? भई, कोई जगह हो जहाँ हमें शक की नज़रों से कोई न देखे तो फिर कोई बात भी बने। यहाँ तो किसी से दो बातें कहने के पहले दस बार सोचना पड़ता है। क्योंकि वह निश्चित रूप से हमारी बातों का दोहरा अर्थ लगाएगा ही। और फिर ग़लत ही लगाएगा।"

वह चुप रही। यहाँ रहनेवाले सभी आम भारतीयों की राय यही है। आर्मी

की पार्टी में कोई मिज़ो नहीं शामिल होता। लेफ्टिनेण्ट गवर्नर की पार्टी में कुछ मन्त्री ज़रूर आ जाते हैं। थोड़ी-बहुत ऊपरी बातें कर लेते हैं। पर कोई भी मिज़ो नागरिक प्रवासी भारतीय को स्नेह भाव से घर नहीं लिवा जाता। यहाँ तक कि सूसन, जो इतनी आत्मीय है, उसे घर नहीं बुलाती।

उसे सहसा वैरियर एल्विन की 'फिलॉसफ़ी फार नीफा' की याद आ गयी। इन आदिवासियों की शंकाओं और भय के ज़िम्मेदार हम स्वयं हैं। हमारी ज़रा-सी लापरवाही भी उनके हमारे बीच द्वेष का कारण बन सकती है।

शीला अक्सर सोचती है कि मिजोरम के इतिहास में शुरू में बाहर से आये प्रवासी भारतीयों का ग़ैरज़िम्मेदाराना व्यवहार ही आज की इस स्थिति का कारण है। इसे अगर वह कह भी दें तो राजीव तो मानने से रहा।

"यह तो हमारा कर्तव्य है कि हम उनका विश्वास जीतें। पिछड़े हुए समाज के अपने काम्प्लेक्स होते हैं।"

राजीव व्यंग्य से हँसा—"ये बातें सैद्धान्तिक रूप में अच्छी लगती हैं, पर व्यावहारिक तो कतई नहीं हैं।"

वह कुछ देर बर्फ़ से ढकी चोटियों को देखती रही।

"यह सच है। बदलाव लाना किसी एक के वश का नहीं। सभी को विश्वास के साथ एकजुट होना होगा। अगर बीच में दीवार होने का भ्रम पालते ही रहे तो फिर कभी मिल ही नहीं सकते।"

"तो फिर तुम ही क्यों नहीं करतीं कोशिश? कितने लोग हैं तुम्हारे स्कूल में? मेरा मतलब है इस सुंगा को छोड़कर...।"

"ओफ्फो, राजीव। यह सब मज़ाक़ में उड़ाने की बातें नहीं हैं।"

"तो मैं कहाँ मज़ाक़ कर रहा हूँ?"

"मेम साब खाना तैयार है।" सोनार ने ऐलान किया।

"तुम युग-युग जियो।" राजीव ने तमिल में कहा।

शीला हँस पड़ी।

"क्यों ऊब गये मेरी बातों से?"

"बेहद। ख़ाली बातों से कहीं पेट भरता है? मैं तो फ़ौजी हूँ मेरे लिए ऐक्शन ज़रूरी है।"

"तुम बेशर्म हो...।"

"तुम्हारे कहने पर मुझे शर्म नहीं आती।"

क्या करे इसका? वह सोचती हुई उठी। खाते समय सोनार बोला, "आपने स्वेटर के लिए पुछवाया था ना मेम साब, मेरी पहचान में एक औरत है, वह मशीन में बना देगा। बोलता था दो दिन में ही पूरा कर देगा।"

"अच्छा है, रहती कहाँ है?"

"बस यहाँ से थोड़ी दूर। गवर्नमेण्ट फार्म के पार।"

राजीव ने उसे आश्चर्य से देखा।

"उतनी दूर जाने की क्या ज़रूरत पड़ गयी। यहीं मार्केट के पास लोग बुन देंगे।"

"वे तो ठगते हैं साब।"

"कल चलें राजीव?"

"देखते हैं।"

"मुझे तो स्वेटर चाहिए। सब पुराने पड़ गये।"

"अभी तो सर्दियों के आने में बहुत समय बाक़ी है।"

"फिर बरसात शुरू हो जाएगी, तो बाहर निकलना मुश्किल हो जाएगा।"

"मैं ले चलूँगा। घबराओ मत! कल एक पार्टी है, आओगी?"

उसने मुँह बिचकाया, "ओफ्फो, यह आर्मी-पार्टी तो ख़ासी बोरियत है। बस पीना और बेवकूफ़ी भरी बातें।"

वह थोड़ी देर चुप रहा। उसको शायद अच्छा नहीं लगा।

"अगर फ़ौजी के साथ ज़िन्दगी जीनी है तो अपने से बदतर लोगों को सहने की आदत डालनी होगी।"

"सॉरी राजीव, मैंने तो आम बात कही थी। वहाँ उन पंजाबी औरतों को सहना मुश्किल हो जाता है। वे अपने आगे किसी को समझतीं ही नहीं। उनकी बातें भी कितनी सतही होती हैं। मैं यह नहीं कहती कि सभी पंजाबी वैसे होते हैं। बस वहाँ जो आते हैं उनकी बात कह रही थी।"

"आना हो तो आओ, मैं ज़ोर नहीं दूँगा।"

उसे शायद गुस्सा आ गया है, उसने सोचा। वह सँभल गयी। अगर यही सोचकर कि वह गुस्सा होगा, वह अपने मन की बातें उससे कहने से कतराती रही तो उनके सम्बन्धों में गहराई ही कहाँ रह जाएगी? खाने के बाद रोज़वाला अपना प्यार-दुलार कुछ नहीं जताया और चुपचाप निकल गया।

उसके यूँ चुपचाप निकल जाने में उसे कहीं तकलीफ़ ज़रूर हुई। मन पर ठेस भी पहुँची कि क्या उनका सम्बन्ध इतना उथला है? इस सम्बन्ध का उद्देश्य महज यही कुछ रह गया है क्या? वह अपमानित-सा महसूस करने लगी।

अगली सुबह हमेशा की तरह रही। राजीव ने उसे स्कूल में उतारते वक़्त पूछ लिया, "रात पार्टी में आओगी?"

"देखती हूँ, शाम को मूड कैसा होगा।"

उस दिन सुंगा बेहद ज़िम्मेदार मानीटर की तरह बना रहा। शाम स्कूल के छूटते ही वह सहमता हुआ उसके पास आया।

"आज सुबह एक नया ऑर्किड देखा है। बहुत सुन्दर है, आपको दिखाऊँगा। चलेंगी?"

वह एक मिनट सोचती रही। फिर बोली, "ठीक है चलती हूँ।"

बोल तो गयी फिर चौंक उठी। इस लड़के में ज़रूर कोई शक्ति होगी। उसकी दृष्टि में, उसकी मुस्कुराहट में, उसकी बातों में कहीं कुछ ऐसा था जो जबरन उसे खींचता था। यह लड़का सबके लिए शरारती है पर उसे इतना अलग कैसे लगने लगा। उन दोनों के बीच कहीं कोई बिन्दु है जो उन्हें मिलाता है। और वह है प्यार की भूख। उसी भूख ने उसे शरारती बनाया है। और उसी भूख की वजह से एक वह है जो राजीव की हर बात मानने को विवश है।

राजीव की याद आयी तो यह भी याद आया कि वह भी आता ही होगा। फिर पार्टी के लिए पूछेगा। मना कर देगी तो बुरा भी मान जाए शायद।

"आपको कहीं और तो नहीं जाना है?"

"जाना तो नहीं है पर हाँ, मेरे दोस्त आते होंगे, उन्हें बताना होगा।"

"ठीक है मिस, फिर कल चलेंगे। उन्हें पहले ही बता दीजिएगा। वह ऑर्किड तो अभी दस दिन नहीं मुरझाएगा।"

"अच्छा।" वह गेट की ओर चलने लगी।

वह तेजी से मोटर साइकिल चलाता हुआ निकल गया।

कोई उसका नाम लेकर पुकार रहा था तो वह मुड़कर देखने लगी। सूसन अपने पैरों को घसीटती हुई आ रही थी।

"ज़रा ठहरो, मुझे तुमसे कुछ बातें करनी हैं। जल्दी में हो क्या?"

"न, क्या बात है?"

"ख़ास नहीं, वही सुंगा के बारे में। कैसा है अब?"

"कोई समस्या नहीं है। ठीक है। अब तो मानीटर भी है क्लास का।"

"सुना था। मैंने सोचा भी कि तुम रिस्क ले रही हो। लीना तो रोज़ एक-न-एक शिकायत लेकर आती है।"

शीला कुछ देर चुप रही।

"सूसन, दरअसल कोई भी बच्चा स्वभाव से शरारती नहीं होता, हर बच्चे में कोई-न-कोई अच्छाई ज़रूर होती है। अगर हम उस अच्छाई को प्राथमिकता दें तो मेरे ख़्याल से बच्चे इतना नहीं बिगड़ेंगे।"

सूसन मुस्कुरायी।

"इन बातों के लिए तो तुम्हारी तरह ह्यूमन साइकॉलोजी जानना ज़रूरी है। अब लीना को कौन यह समझाए?"

शीला ने कोई उत्तर नहीं दिया। केवल मुस्कुरायी।

"तुमसे उसकी अच्छी पटती है।"

"हाँ, वैसे वह बहुत अच्छा लड़का है। लगता है, बहुत दुःख भोगा है उसने। प्रकृति को प्यार करता है। मुझे तो ऑर्किड दिखाने ले गया था।"

"गुड, मैं तो खुश हूँ। सोच रही थी, पता नहीं कैसा लड़का होगा पर लगता है मैंने सही हाथों ही उसे सौंपा है।"

शीला हल्की-सी मुस्कुराहट के साथ चल दी।

गेट तक जाने के बाद ही पता लगा—राजीव की जीप वहाँ नहीं है।

'क्या हुआ? शायद काम लग गया हो, आज रात पार्टी जो है'—उसने सोचा।

बच्चे निकल गये थे। सड़क पर चहल-पहल नहीं थी। वह आराम से दोनों ओर देखती हुई चलने लगी। उसे लगा मिज़ोरम में पैदल चलना इतना आसान नहीं है। ऊँची चढ़ाई, सँकरे रास्ते। कहीं भी समतल ज़मीन तक नहीं। उनके मकान भी विचित्र होते हैं। सड़क के किनारे खड्ड में चार बाँस गाड़कर उसके ऊपर चौकोर कमरा बनाते हैं। खिड़की के नाम पर चौकोर जगह छोड़ देते हैं। न फ्रेम, न दरवाज़े। उनमें से झाँकते बच्चों के मंगोल चेहरे। एक ही कमरे में पूरा कुनबा रहता है। उसे अक्सर लगता, यही वजह है कि मिज़ो बच्चे जल्दी ही सब समझने लगते हैं।

मोटर साइकिल लगभग उससे टकराती हुई रुकी।

सुंगा ही था।

"हैलो मिस! पैदल कैसे जा रही हैं?"

"आज जीप नहीं आयी।"

"ओह, तो अच्छा हुआ। चलिए, ऑर्किड देखकर आते हैं।"

वह बैठ गयी। पैर अलग से पिराने लगे थे।

गाड़ी तेज़ी से चल पड़ी। रास्ते में मिज़ो लोग उन दोनों को कुछ आश्चर्य के साथ देख रहे थे। उन दोनों के बीच का वह निश्छल स्नेह कोई नहीं समझ सकता, उसने सोचा। वह मिज़ो लड़का है। आतंकवादी का बेटा और वह प्रवासी।

लोगों की दृष्टि कितनी छोटी है! उसे हँसी आ गयी।

आज वह दूसरी जगह ले गया। यह जगह तो और भी सुन्दर थी।

"कहाँ है तुम्हारा ऑर्किड?"

"रुकिए, मेरे साथ धीमे से चलिए।" उसने उसका हाथ पकड़ लिया।

उसकी चाल की सतर्कता पर वह हँस पड़ी।

"तुम्हारा ऑर्किड क्या सो रहा है जो इस तरह चल रहे हो?"

वह रुक गया। एक मिनट उसे देखता रहा।

"क्या बात है सुंगा?"

"आप मेरी माँ की याद दिलाती हैं। माँ कहा करती थी कि मैं जब छोटा था तो एक-एक फूल के पास जाकर उसे जगाया करता था। माँ ख़ूब हँसा करती।"

वह अपनी माँ को कभी नहीं भूल पाएगा—यह सोचकर उसे दुःख हुआ।

"कहाँ है तुम्हारा ऑर्किड?"

"आइए।"

उसकी दिखायी जगह को देखकर वह खड़ी रह गयी। इतना सुन्दर था वह, आगे सफ़ेद और बीच में बैंगनी रेखाएँ। वह मन्त्रमुग्ध हो गयी। दोनों देर तक चुपचाप उसे देखते रहे। उस फूल की सुन्दरता, उस जगह की निस्तब्धता और इसके स्पर्श की गरमी में जैसे बहुत कुछ मिल गया था। उसे लगा वह रो पड़ेगी।

काफ़ी देर बाद उसने पूछा—

"कैसा है मिस?"

"बहुत सुन्दर है, सुंगा।"

"तभी तो मैं आपको यहाँ लाया हूँ, मिस। अब जो इसे नहीं समझ सकते उन्हें लाने से फ़ायदा भी क्या होगा। पापा से तो मैं इसके बारे में बातें तक नहीं करता।" उसका चेहरा लटक गया।

उसने धीरे से पूछा, "पापा तुम्हारे प्यार से बातें करते हैं?"

"ओह गॉड, नो।" वह हँसा—"पता नहीं उन्हें मेरी याद भी बनी है या नहीं। आधे दिन तो मैं उन्हें देख ही नहीं पाता। घर पर रहते ही कहाँ हैं!"

"तो फिर घर कौन सँभालता है?"

"हैं, ढेर सारे लोग। जाने क्या-क्या रिश्ते बतलाया करते हैं।"

उसके स्वर में घुली नफ़रत को देखकर लगा, वह किसी के भी निकट नहीं है।

"मैं उस भीड़ में एकदम अकेला हूँ, मिस।"

वह चुप रही। फिर प्यार से बोली, "तुम अपने पापा के और पास आने की कोशिश करो, सुंगा।"

वह हँस पड़ा, जैसे कोई मज़ाक़ किया गया हो।

"इम्पासिबल मिस", उसने सिर हिलाया, "उनका मेरे साथ कोई सम्बन्ध ही नहीं। जैसे माँ का नहीं था। यह तो महज संयोग है कि उनका बेटा हूँ।"

वह छोटे-छोटे कंकड़ उठाकर कुण्ड में फेंक रहा था।

"मैं पापा से दूर ही रहूँ तो अच्छा है, मिस। वरना उनसे नफ़रत और बढ़ जाएगी। क्या पता फिर पापा जैसा मेरा भी स्वभाव बन गया तो फिर मुक्ति नहीं मिल सकती।"

उसने उसके कन्धे पर हाथ रख दिया।

"मैं तुम्हारी मनःस्थिति समझ सकती हूँ, सुंगा। पर कुछ बातों को भूलना बेहतर होता है।"

वह चुपचाप खड़ा रहा।

फिर दोनों कुछ देर चलते रहे। चारों ओर बाँस का घना झुरमुट था—"आप

मिजोरम के बाँस के जंगल के बारे में कुछ जानती हैं?”

“क्या?”

“बारह साल में एक बार ये बाँस फूलते हैं। अगर उन फूलों को चूहे खा गये तो आफत आ जाती है।”

“क्या होता है? मर जाते हैं क्या?”

“नहीं, उनकी भूख बढ़ जाती है। इतनी कि सारा खलिहान खा जाते हैं और तब मिजोरम में भयंकर अकाल पड़ जाता है।”

“इसकी कोई रोकथाम नहीं की जा सकती क्या?”

उसने होठ बिचकाये।

“यह तो प्राकृतिक अकाल है, मिस। ...पर कुछ अकाल तो इन्सान ख़ुद पैदा करता है। क्या इतना काफ़ी नहीं है कि उसे रोका जाए?”

उसकी बातों पर उसे आश्चर्य हुआ। सारा दिन उसी की बातों पर विचार करती रही।

अगली सुबह राजीव जल्दी ही आ गया।

“कहाँ रह गयी थीं कल? मैं स्कूल आया था पर तुम वहाँ नहीं थीं।”

उसने आश्चर्य से उसे देखा।

“आये तो तुम नहीं थे राजीव। मैं तुम्हारी देर तक प्रतीक्षा करती रही थी। स्कूल का गेट बन्द हो गया था फिर चली आयी।”

“पैदल आयीं?”

एक मिनट तक हिचकिचायी फिर बोली—“हाँ।”

सुंगा और उसके बीच के सम्बन्ध के बारे में कुछ कहने से क्या होगा। यह तो उसका ग़लत अर्थ निकाल लेगा।

“कल रात पार्टी कैसी रही राजीव?” उसने बात बदल दी।

“हुँ, जैसे हमेशा रहती है। तुम्हें तो पार्टियाँ अच्छी नहीं लगतीं ना, फिर क्यों पूछ रही हो?”

“मुझे नहीं अच्छी लगतीं तो क्या हुआ। तुमने तो एन्ज्वाय किया होगा?”

राजीव की आँखों में पहले की शरारत उतर आयी। उसकी कमर पर उसके हाथ कस गये।

“तुम्हारे बिना पार्टी में भला मज़ा आता है? कर्नल साहब भी पूछ रहे थे कि तुम्हारी वह ख़ूबसूरत गर्लफ्रेण्ड कहाँ है?”

“झूठ।”

“प्रॉमिस। इस ऐजल में तुम्हारी तरह स्मार्ट और सुन्दर लड़की भला है कहाँ!”

वह हँस दी।

“अब ज़्यादा मक्खन मत लगाओ, राजीव। मुझे स्कूल की तैयारी करनी है।”

"तो मैं कहाँ रोक रहा हूँ। तुम ऊटपटाँग सोच रही हो। मैं कुछ भी कहता हूँ उसका विपरीत अर्थ लगा बैठती हो।"

उस दिन स्कूल में उतारते वक़्त बोला, "शाम हम स्वेटर वाली के पास चलते हैं।"

उसे बात याद रही है यह सोचकर उसे अच्छा लगा।

"थैंक्स राजीव।"

"माइ प्लेज़र।" उसने औपचारिकता निभायी।

"स्कूल के बाद सीधी निकल आना, मैं इन्तजार करूँगा।"

"ओ. के.। पर तुम थोड़ी प्रतीक्षा कर लेना। कभी-कभी सूसन बुला लेती है। मुझे देर हो जाएगी।"

"अगर सूसन बुलाती है तो मैं भला क्या कहूँगा?"

वह चुपचाप मुड़ गयी। वह समझ गयी वह किसकी ओर इशारा कर रहा है। उसका चेहरा लाल हो आया।

छिः...कितना शक्की है यह।

प्रार्थना सभा की ओर जाते वक़्त ही उसने देखा कि लोग झुण्ड बनाकर बातें कर रहे हैं।

प्रार्थना सभा की घण्टी भी नहीं बजी। उसने यह अध्यापिका से पूछा।

"तुम्हें पता नहीं। सूसन के हस्बेण्ड गुज़र गये?"

"अरे, कब?" वह चौंकी।

"कल रात।"

उसे सदमा-सा लगा। इतनी अच्छी है वह सूसन और कितना बड़ा आघात पहुँचा होगा उसे। सोचकर उसे बेहद दुःख हुआ।

"हे भगवान्, कैसे हुआ यह सब!" वह अफसोस जाहिर कर रही थी और बाक़ी मिज़ो लड़कियाँ उसे आश्चर्य से देख रही थीं। शायद उन्हें किसी प्रवासी की सहानुभूति अविश्वसनीय लग रही होगी। उनमें से एक उसे तौलती हुई-सी बोली, "सूसन के पति को डियोडिनल अलसर था।"

"अरे अलसर हुआ तो क्या हुआ। मेरी दादी तो अस्सी साल की उम्र तक अलसर के साथ ही ज़िन्दा रही।"

वह लड़की धीमे से हँसी—"पर आपकी दादी, सूसन के हस्बैण्ड की तरह हमेशा दारू की बोतल तो साथ नहीं रखती होंगी ना!"

सबकी सम्मिलित हँसी भी शीला को कुछ अजीब-सी लगी।

डियोडिनल अलसर था तो पीता ही क्यों था? वह चुपचाप खड़ी रह गयी।

"बग़ैर पिये तो मिजो रह ही नहीं सकते।"

इतनी सहजता से उन्हें यह बात दोहराते देखकर उसे आश्चर्य हुआ।

"अब देखा क्या हुआ। जान तो गयी ना।"

"तो क्या हुआ। यह जान कभी-न-कभी तो जानी ही है। जब तक ज़िन्दा है, खुश रह लेने में हर्ज ही क्या है।"

"अच्छा सिद्धान्त है!" वह मन ही मन बोली।

स्कूल बन्द कर दिया गया। सभी अध्यापिकाएँ सूसन के घर गयीं। वहाँ पहले से ही भीड़ इकट्ठी हो गयी थी। सिगरेट के धुएँ और व्हिस्की भरे गिलासों को देखकर उसे आश्चर्य हुआ। अन्दर जाकर देखा तो उसे वितृष्णा-सी होने लगी। अकेली सूसन ही सिर झुकाये बैठी थी। बाक़ी सारी औरतें सिगरेट फूँकती आपस में बातें कर रही थीं। फ़र्श पर सिगरेट के अधजले टुकड़ों का ढेर फैल गया था। एक नौकरानी प्यालों में चाय ला रही थी। पुरुष एक ओर हाथों में गिलास लिये खड़े थे। उस कमरे में जाते ही शीला को अटपटा लग रहा था। वह सहमी हुई सूसन के पास जाकर बैठ गयी।

सूसन के हाथ पकड़कर बोली, "मुझे बहुत दुःख है।" सूसन सिसकने लगी।

और लोगों के व्यावहारिक दृष्टिकोण से मन को जो आघात पहुँचा था वह सूसन की रुलाई से कुछ हलका होने लगा। शीला की आँखें भर आयीं।

"सुना था उन्हें अलसर था। ट्रीटमेण्ट ले रहे थे क्या?"

सूसन सिर हिलाती हुई बोली, "दवाई खाते तो थे पर साथ ही ज़हर भी तो पीते थे। भला क्या फ़ायदा होता। ही वाज एन अल्कोहलिक।"

"मुझे तो पता ही नहीं था।"

"मेरी बात मानते ही कहाँ थे। मैं तो जानती थी कि यही होगा एक दिन। मुझे तो कोई गहरा सदमा भी नहीं पहुँचा।"

सूसन की आँखों में आँसू नहीं थे और वह सधे हुए शब्दों में बोल रही थी। उसे लगा अगर इतने यथार्थपरक ढंग से सोचना छोड़ दें तो इनको ही तकलीफ़ होगी।

"चाय पी लो शीला।"

वह चौंकी—"न, मुझे कुछ नहीं चाहिए सूसन। मेरा मन ठीक नहीं है।"

"मना नहीं करते शीला। यह हमारी प्रथा है। अफसोस करने जो भी आता है, उसे कुछ-न-कुछ पीना पड़ता है। सिर्फ़ दुःख को हल्का करने का तरीक़ा है।"

पर चाय गले नहीं उतरी। साथ ही अन्य अध्यापिकाएँ तो वहीं जम गयी थीं। सूसन से विदा लेकर वह अकेली ही लौट आयी। मन में जाने कैसा शूल भर गया था। पता नहीं क्यों लगा जैसे उन सबके सामने वह अकेली बेवकूफ़-सी खड़ी रह गयी है।

ये लोग सारी बातों को कितनी सहजता से लेते हैं। जैसे सारी घटनाएँ प्रत्याशित ही घटती हों। मगर बड़े-से-बड़े दुःख भी इसी सहजता के साथ सहते हैं

तो निश्चय ही ये विवेकशील होंगे। यह आदिवासी लोगों की विशेषता होगी। हम जैसे-जैसे सभ्य होते जाते हैं भावनाएँ भी पैनी होने लगती हैं और यही वजह है कि दुःख, क्षोभ, निराशा मन को कसैला कर जाते हैं।

उसे सहसा सुंगा की याद आयी। जब भी माँ के बारे में बातें करता है, उसकी आँखों में तैर जानेवाली तकलीफ़ याद आ गयी। कितना अलग है वह इन सबसे! कितना भावुक है वह!

सामने से आती एक लड़की उसे देखकर हँसी।

शीला को एक क्षण पहचानने में दिक्कत हुई।

"पहचाना नहीं?"

शीला को याद आ गया। उस दिन वाली वह लड़की।

"याद आया। कैसी हैं आप?"

"ठीक हूँ। जब तक वह राक्षस घर से बाहर रहता है, मैं ख़ुश रहती हूँ।"

वह हँसती हुई बोली थी, इसलिए शीला भी जबरन मुस्कुरा दी।

"उस दिन घर लौटने के बाद कोई बवाल तो नहीं हुआ?"

वह हँस दी। "न, सो रहा था तान कर। वह सोता है तो आराम है। घण्टों सोता है।"

वह फिर हँस दी।

शीला को सोनार की बात याद आ गयी। यह बहुत ही व्यावहारिक लड़की है, उसने सोचा।

"उस दिन घर पर टिकने के लिए आपने जगह दी और खाना भी खिलाया, उसके लिए एहसानमन्द हूँ।"

"अरे तो इसमें क्या हुआ। जब चाहो आ जाओ।"

शाम राजीव के जीप की आवाज़ आयी तो याद आया, उसने स्कूल में इन्तज़ार किया होगा।

"कब तक छुट्टी है?" वह भीतर आया।

"तुम्हें कैसे मालूम हुआ?"

"अरे, बस अभी। दोपहर को ही पता होता तो तभी आ जाता।" उसने आँखें दबा दीं।

मन कसैला हो गया। इस समय भी यह ऐसी बातें कर सकता है तो कितना गिरा हुआ होगा यह! उसने उत्तर नहीं दिया। खिड़की से दिखते मेघखण्डों को निहारती रही।

यह किस भीड़ का हिस्सा है। इन आदिवासियों की व्यावहारिकता और इसकी व्यावहारिकता में अन्तर है। सभ्यता के खोल में छिपा यह एक...।

वह सँभल गयी। उसके बारे में इस तरह के विचार पाल लेने से कुछ नहीं होगा।

"मरा कैसे?"

"डियोडिनल अलसर था। ऊपर से अल्कोहलिक।"

राजीव ने उत्तर नहीं दिया। हल्की सीटी बजा दी।

"छोड़ो भी। आज स्वेटरवाली के पास चलना है या फिर कोई दूसरा एंगेजमेण्ट है?"

"दूसरा कैसा?"

"क्या पता। तुम्हें ऑर्किड देखने की इच्छा भी हो सकती है...।"

वह कुछ बोली नहीं। तैयार होकर निकल आयी। रास्ते भर वह कुछ बोला नहीं। कुछ-न-कुछ गुनगुनाता रहा। जिस मनःस्थिति में वह थी, उसका यह मौन उसे अच्छा लगा।

"उतरो।"

वह चौंकी।

"वही घर है।"

ढलान में सुन्दर बगीचे के बीचोंबीच छोटा-सा घर था। रास्ते भर आलूबुखारे के पेड़ फलों से लदे थे।

"तुम जानते हो उन्हें?"

"यहाँ के हर मिज़ो को मैं जानता हूँ।"

ढलान में उतरना अच्छा लगा। हल्की-सी मुस्कुराहट के साथ उतरते उसका ध्यान सहसा वहाँ चला गया। घर के पास एक सुन्दर मिज़ो लड़की के साथ सुंगा हँसकर बातें कर रहा था।

"वही है ना तुम्हारा दोस्त?"

"मेरा छात्र।"

"छात्र तो लगता नहीं। पर कोई बात नहीं। लड़का चुस्त है।"

"किसी लड़के और लड़की को बात करते देख लो तो बस यही ख़्याल आता है क्या?"

"अगर नहीं आता है तो मैं बेवकूफ़ हूँ।"

सुंगा ने उन्हें तभी देखा। मुस्कुराता हुआ बोला–

"हेलो मिस!"

"हेलो सुंगा!"

"मीट माय फ्रेण्ड लिली। और लिली, यह हमारी बेस्ट टीचर हैं।"

"और मेरा परिचय?" राजीव बोला।

"ओह, सॉरी। यही मिस शीला के ब्वाय फ्रेण्ड हैं।"

"राजीव।"

यूँ भी मिज़ो लड़कियाँ कम उम्र में काफ़ी सुन्दर दिखती हैं। उस पर यह लड़की बेहद सुन्दर थी। एकदम गुलाबी गाल, मुलायम शरीर, काले अंगूर की तरह चमकती आँखें।

लिली सकुचाती हुई मुस्कुरायी।

ओह, कितनी सुन्दर है यह। शीला को आश्चर्य हुआ। सुंगा ने तो इसके बारे में कभी नहीं बताया।

सहसा उसे याद आया।

"यहाँ स्वेटर कौन बनाता है?"

"मेरी माँ, भीतर आइए।"

लिली उछलती हुई भीतर चली। स्कर्ट के नीचे पैरों की सुघड़ता देखकर वह चकित रह गयी।

लिली की माँ हँसमुख महिला थी। जैसे हँसने के सिवा और कुछ नहीं आता। ख़ूब गोरा चेहरा, एक-एक झुर्री के पीछे जैसे प्यार छिपा हो। अँग्रेज़ी नहीं आती थी। पर उसके चेहरे को देखते ही शीला ने उसी से ऊन खरीद लिया और ऑर्डर दे दिया।

लिली की माँ ने मुस्कुराहट के साथ धन्यवाद दिया। वे जीप पर चढ़नेवाले थे कि लिली ने टोकरी भरकर आलूबुखारे लाकर दिये।

सुंगा उनके साथ था मुस्कुराता हुआ।

"फिर कोई ऑर्किड नहीं मिला सुंगा?"

"मिला है मिस, कल दिखाऊँगा।"

राजीव हँस पड़ा ठहाका लगाकर।

"क्या तुम सोचती हो कि वह अब भी तुम्हें दिखाने ले जाएगा? कैसी पागल हो तुम?"

सुंगा का चेहरा उतर गया।

"व्हाय नाट?" वह बौखलाकर बोला।

राजीव और ज़ोर से हँस पड़ा। फिर लिली को देखता हुआ बोला, "लिली से पूछ लो, बताएगी।"

लिली और सुंगा अभी कुछ समझ भी नहीं पाये थे कि राजीव ने हँसते हुए जीप स्टार्ट कर दी।

शीला को लगा उसने उन अबोध बच्चों के सामने कितना घृणित व्यवहार किया है। वह अपमानित-सा महसूस करने लगी।

अपने गुस्से को बमुश्किल दबाया।

राजीव के चेहरे पर अब भी व्यंग्य तैर रहा था।

"कैसी लड़की फँसाकर रखी है और तुम सोच रही हो वह अब भी तुम्हारे बारे में सोच रहा होगा?"

"राजीव, तुम बेहूदा बातें करते हो। वह तो अभी बच्चा है। तुमने इतना भद्दा मज़ाक़ उसके साथ किया, मुझे बिलकुल अच्छा नहीं लगा।"

राजीव लापरवाही से हँसा—"मैं इन लोगों को तुमसे अधिक समझता हूँ।"

उसे लगा उसकी लापरवाही निरापद नहीं। साधारण से साधारण लोगों में भी आत्मसम्मान होता है। उसने तय कर लिया कि आइन्दा राजीव के साथ वह यहाँ नहीं आएगी और इस बात के लिए भी सतर्क रहेगी कि सुंगा से राजीव की मुलाक़ात न हो पाए।

उसने उसे उतार दिया। फिर बोला, "आज मुझे कहीं और जाना है, आज यहाँ खाना नहीं खाऊँगा।"

उसे आश्चर्य हुआ।

उसने पूछा नहीं उसे कहाँ जाना है। उसे लगा यह निर्णय अचानक लिया गया है।

"ओ. के." उसने कहा। अपनी भावनाओं को साफ़ छिपा लिया। उसे लगा, अगर यह यहाँ रुकता भी तो उसके साथ सहजता से बातें करने की मनःस्थिति में तो वह कतई नहीं। उसे सहसा वह अजनबी-सा लगने लगा। उसे डर लगने लगा, अगर वह रुक गया और कुछ देर साथ रह गया तो यह अजनबियत और अधिक बढ़ जाएगी।

उस दिन अकेले बैठकर खाना खाते मन में जैसे एक शून्य-सा भर गया। लगा, जैसे वह बुरी तरह छली गयी है। क्या हो गया है उसे?

कुछ भी तो नहीं है। बस मन को असफलता हाथ लगी है। मन का तो सिर्फ़ इतना ही दोष है कि इसने न जाने कितने हवाईमहल खड़े कर लिये और पूरी निष्ठा के साथ प्रतीक्षा करता रहा। क्या यह ग़लत है कि वह उससे सभ्यता की अपेक्षा करे? और अगर वह अपेक्षा के अनुरूप नहीं हो सका तो उससे उत्पन्न निराशा भी कहाँ से ग़लत हुई?

उसे एक बात समझ में आ गयी।

यह सभ्य तो कतई नहीं है। उसकी बातों, उसकी चिटोरियों, उसकी वर्दी और मोती से सजे दाँतों को देखकर उसने भ्रम पाल लिया था कि वह बेहद सभ्य है। मन से वह पूरी तरह असभ्य है। इस तरह के लोगों की वजह से ही तो ये आदिवासी अब भी प्रवासियों को अविश्वास की दृष्टि से देखते हैं। ये लोग कोमल मन के हैं। छोटे-छोटे अपमान और बोझ भी बर्दाश्त नहीं कर पाते।

उस रात देर तक नींद नहीं आयी। उसने तय किया—कल वह सुंगा से बात करेगी।

अगले दिन स्कूल खुल गया था और शीला जल्दी से तैयार हो गयी।

राजीव रोज़ की तरह आया। पर उसके चेहरे को देखकर वह चौंक गयी। रात शायद ज़्यादा पी गया होगा। चेहरा मुरझा रहा था और आँखें लाल। न कोई मुस्कुराहट न प्यार।

"क्या हुआ राजीव?" उसने चिन्तित स्वर में पूछा।

"कुछ भी तो नहीं।"

"तबीयत ख़राब है क्या? चेहरा इतना अजीब क्यों लग रहा है...?"

वह धीमे से हँस दिया।

"थोड़ा-सा हैंगओवर। कल एक पार्टी थी। कुछ ज़्यादा पी गया था।"

उसने कुछ चिन्तित स्वर में पूछा, "जीप तो चला लोगे ना?"

वह हँसा।

"क्या बात कर रही हो। जैसे मैंने पहली बार पी हो। जितनी भी पी जाऊँ, मेरा बैलेंस हमेशा बना रहेगा। आँखें बन्द करके चला सकता हूँ।"

उसने कोई उत्तर नहीं दिया। जीप पर आकर बैठ गयी। अक्सर वह इसी तरह आता है। उस वक़्त उसे देखकर वह चिन्तित ज़रूर हो जाती है। ऐसे में वह या तो चुपचाप बैठा रहेगा या फिर एक भरपूर नींद लेकर चला जाएगा।

गाड़ी चलाते समय वह चुप ही रहा।

स्कूल में उतरते समय बोला, "शाम को मैं नहीं आऊँगा।"

उसने पूछा तो कुछ भी नहीं पर उसे सवालिया आँखों से देखा।

"जीप मरम्मत के लिए जा रही है। मरम्मत होने में तीन-चार दिन तो लग ही जाएँगे।"

"कोई बात नहीं राजीव, मैं चल सकती हूँ। मुझे तो आदत भी पड़ गयी है।"

"गुड।" उसने मुस्कुराते हुए जीप निकाल ली।

पढ़ाई हमेशा की तरह जारी रही। अब तो लीना भी सुंगा की शिकायत नहीं करती। सहसा वह बेहद नरम हो गया था। शीला से जब भी बात करता, उसके चेहरे पर आत्मीयता उतर आती। कक्षा में वह उसके साथ अत्यन्त सम्मान के साथ पेश आता।

शाम स्कूल छूटा तो वह उसके पास आया।

"आज आपके ब्वाय फ्रेण्ड आएँगे मिस?"

"नहीं।"

"क्या मैं आपको लिफ्ट दे सकता हूँ?"

"ओह यस! थैंक यू, पर तुम्हें कहीं और तो नहीं जाना?"

वह कुछ शरमा गया—"बाद में चला जाऊँगा।"

"ऑर्किड दिखानेवाले हो?"

"हाँ, और साथ ही आपसे थोड़ी बातें भी करनी हैं।"

उसने चेहरा लटकाते हुए स्वर को यथासम्भव गम्भीर बनाने की कोशिश की। उसे हँसी आ गयी।

कुछ प्यार-वार का चक्कर तो नहीं है। घर पर इतनी अन्तरंगता के साथ बातें करने को शायद कोई मिला न हो, इसीलिए मुझसे कहना चाहता है। उसके प्रति उसकी यह आत्मीयता उसे पिघला गयी।

गाड़ी चलाते समय वह चुप ही रही। आज गाड़ी सधे हुए ढंग से चला रहा था। लगता था जैसे सहसा ही वह बुजुर्ग हो गया है। उसे आश्चर्य हुआ, क्या एक लड़की का प्यार किसी व्यक्ति को इतना बदल सकता है?

पता नहीं कहाँ-कहाँ गाड़ी ले गया और अन्त में एक नीची ढलान में गाड़ी रोक दी।

पता नहीं ऐसी सुन्दर जगहें यह कैसे ढूँढ़ निकालता है? उसे आश्चर्य हुआ।

वह जैसे उसके भीतरी भाव को समझ गया। हल्की-सी मुस्कुराहट के साथ बोला, "मैं सुबह जल्दी उठ जाता हूँ, मिस। गाड़ी लेकर सुनसान जगहों में निकल जाता हूँ।"

"लिली को भी लेकर आते हो?"

वह हँस पड़ा।

"उससे तो अभी दोस्ती हुई है। वह बहुत अच्छी लड़की है, मिस।"

"लगती भी है।"

"आप ही की तरह वह भी मुझसे बहुत प्यार के साथ बातें करती है। जिनके मन में पूर्वाग्रह नहीं होते वे ही इतना प्यार जता सकते हैं।"

"कैसा पूर्वाग्रह?"

कहीं दूर आकाश में आँखें गड़ाये बोला, "यही कि मैं अपने बाप का बेटा हूँ।"

उसे उस पर तरस आ गया।

"मुझे तो लगता है, पूर्वाग्रह तुम्हारे ही मन में है।"

उसने कन्धे उचका दिये—"पता नहीं मिस, छोड़िए भी। मैं यहाँ अपने बारे में बातें करने नहीं आया। मैं तो कुछ और ही कहना चाहता था।"

"क्या?"

"आपके ब्वाय फ्रेण्ड के बारे में।"

उसने चौंककर उसे देखा।

उसके चेहरे पर परेशानी साफ़ झलक रही थी।

शीला को आश्चर्य हुआ। यह इतना परेशान क्यों है? क्या कहना चाहता है यह?

"क्या बात है सुंगा?"

"मिस, एक बात कहूँगा। आप मुझे समझने की कोशिश कीजिए। मेरे मन में बाहर से आये किसी भी प्रवासी के प्रति कोई द्वेष या क्रोध नहीं है। सच कहूँ तो आप लोगों से हमें तो बहुत कुछ सीखना है। स्कूल में बाक़ी सारी मिज़ो अध्यापिकाओं से मुझे तो आप ही अच्छी लगती हैं..."

उसे लगा, यह सचमुच बहुत परेशान है, इसीलिए इतनी लम्बी भूमिका बाँध रहा है।

"बात क्या है सुंगा? मैं ग़लत नहीं समझूँगी...तुम्हारे बारे में...।"

वह सिर झुकाये ही धीरे से बोला, "आपके ब्वॉय फ्रेण्ड के बारे में मैंने जो कुछ सुना है, वह कुछ अच्छा नहीं सुना है, मिस।"

उसकी धड़कनें तेज़ हो गयीं। यह छोटा-सा लड़का इतनी बड़ी बात उसके साथ सहजता से कर रहा है, यह सोचकर मन को ठेस तो पहुँची ही, साथ ही कुछ अपमानित भी महसूस करने लगी।

"क्या सुना है तुमने सुंगा?" अपनी आवाज़ वह ख़ुद भी नहीं सुन पायी।

आपके अलावा भी कई और मिज़ो लड़कियों से उनकी दोस्ती है।

यूँ तो स्वयं उसे राजीव का रवैया कई दिनों से कुछ सन्देहास्पद लग रहा था। पर उसे ज़ाहिर कभी नहीं किया था। फ़ौज में है और स्वभाव से ही कुछ फ्लर्ट है। लड़कियों से थोड़ा-बहुत फ्लर्ट कर भी ले तो क्या हर्ज़ है। यही सोचकर अपने को समझा लेती।

अपनी भावनाओं को छिपाती हुई हँस दी। "लड़कियों से दोस्ती रखना बुरी बात तो नहीं सुंगा।"

उसने कन्धे उचका दिये और मौन में डूब गया।

वह इसी प्रतीक्षा में कुछ देर चुप रही कि वह मौन स्वयं तोड़ेगा। वह शायद कुछ हिचक रहा था।

"क्या सोच रहे हो सुंगा? मन में अगर कुछ हो तो बेहिचक कह डालो। मुझे कोई सदमा नहीं पहुँचेगा। कितनी ही तकलीफ़ें झेल चुकी हूँ। मेरा मन बहुत कुछ सह सकता है।"

उसने झट उसे सिर उठाकर देखा। ओह! कितनी करुणा थी उन आँखों में, कितनी दया! क्या यह महज सोलह साल का है?

"पर उनकी दोस्ती सहज नहीं है, मिस। मिज़ो तो बेहद स्वच्छन्द होते हैं। पर इसका मतलब यह नहीं हुआ कि वे सारी मिज़ो लड़कियों को वेश्या समझ लें।"

वह चौंक गयी। यह सुंगा का उसके प्रति सम्मान ही है कि वह अपने क्रोध को दबाने की भरसक कोशिश कर रहा है। पर उसके स्वर में गहरा क्षोभ था। इतनी छोटी उम्र में इतनी बड़ी बात पर वह किस कदर भड़क सकता है, यह सोचकर उसे आश्चर्य हुआ। उसे लगा, तमिलनाडु में इसकी उम्र के किसी भी लड़के को शायद ये बातें समझ में भी न आएँ।

"ओह गॉड, नो। अगर कोई ऐसा सोचता है तो ग़लत है, सुंगा।"

उसने सिर झुका लिया।

उसने उसके कन्धे पर हाथ रखा।

"क्या हुआ सुंगा?"

उसके होठ थरथराये।

"वह राजीव, मिज़ो लड़कियों को कुछ वैसा ही समझता है, मिस।"

उसने उसे सहमते हुए देखा।

"शायद तुम्हें किसी ने ग़लत ख़बर दी होगी, सुंगा।"

"नहीं मिस। अगर ग़लत ख़बर होती तो आप से ही क्यों कहने चला आता और वह भी आपके मित्र के बारे में।"

"क्या हुआ सुंगा?"

"वे अक्सर कुछ मिज़ो लड़कियों को दो बोतल रम दिलाने का या पिक्चर का लालच दिलाकर ले जाते हैं। मैं मानता हूँ कुछ लड़कियाँ ऐसी हैं जो लालच में आ जाती हैं। पर वह कैसे अपेक्षा करते हैं कि कोई भी इनके बुलाने पर चली जाएगी?"

उसकी समझ में आने लगा, वह क्या कहना चाहता है। उसका चेहरा अपमान से लाल होने लगा।

"मिस, लिली का परिवार बहुत सम्भ्रान्त है। बातें भी बहुत शालीनता से करते हैं। अब उसी लिली को आपके मित्र ने तंग करना शुरू कर दिया है।"

"ओह, नो।"

"सच कह रहा हूँ, मिस। दो दिन से मैं रात को सो भी नहीं पा रहा हूँ। मैं लिली को बहुत प्यार करता हूँ, मिस। आज तक इतना प्यार किसी से नहीं कर पाया हूँ। इतना लगाव किसी से नहीं हुआ। लिली से मिलने के बाद ऐसा लगता है जैसे मन में ढेरों ऑर्किड उग आये हैं। उसका कोई अपमान करे, यह मैं सह नहीं सकता...।"

वह भावुक हो आया था। उसका गला रुँधने लगा। उसे लगा, इसके मन में आक्रोश भरा है। और उसका यह आक्रोश न्यायसंगत भी है। थू! 'कैसा आदमी

है यह?' तो यह है उसकी असलियत? इसीलिए यह शादी की बात उठाते ही टाल जाता है?

कितने ओछेपन के साथ पेश आया है उसके साथ, सोचकर उसे क्रोध आया। उसे सिर्फ़ भोग की वस्तु समझता रहा है आज तक, उसके घर का नमक खाकर—और शायद जीप में लिफ्ट देकर हिसाब चुकाना चाहता था।

क्रोध और अपमान से उसके आँसू निकल आये। सुंगा धीमे स्वर में कह रहा था, "लिली के प्रति मेरे लगाव को आप शायद सीरियसली से न लें, पर सच कहता हूँ, मुझे उससे बहुत लगाव है। आज तक मुझे इतना सुख कभी नहीं मिल पाया।"

उसने उसका हाथ अपने हाथों में ले लिया।

"मैं समझ सकती हूँ, सुंगा।"

उसकी अपेक्षा के विपरीत वह उसकी गोद में सिर छिपाकर फूट-फूटकर रो पड़ा। उसकी हिलती हुई पीठ को देखकर भौचक्की रह गयी।

वह रोता रहा। जाने कितने जन्मों के दुःख को उस एक दिन में धो देना चाहता था। उसे लगा, उसकी माँ अगर आज ज़िन्दा होती तो वह यही करता। उसने अनजाने ही उसकी पीठ सहला दी।

"रो मत सुंगा, मैं तुम्हारी भावनाएँ समझ सकती हूँ। मैं राजीव से बात करूँगी। तुम फिक्र मत करो। आइन्दा वह लिली को तंग नहीं करेगा।"

उसने झट सिर उठाकर उसे देखा। जैसे उसे उस बात की सम्भाव्यता पर सन्देह हो रहा हो। उसने हिचकते हुए पूछा, "क्या आप उनसे शादी करेंगी मिस?"

क्या जवाब देगी वह? अगर यह कहे कि इतने दिनों तक वह यही चाहती रही थी तो क्या प्रतिक्रिया होगी उसकी?

"मैंने अभी तक कुछ तय नहीं किया, सुंगा।" वह चौंकी। यह मन कब से बदल गया?

"आपका और कोई भी नहीं है क्या मिस?"

"नहीं। एक भाई था वह भी यहीं मलेरिया में गुज़र गया। उसके बाद यहीं रह गयी मैं।"

"आप मद्रास की हैं?"

"हाँ, उसके पास ही की हूँ।"

वह कुछ देर चुप रहा। फिर धीरे से बोला, "मैं एक बात कहूँ बुरा तो नहीं मानेंगी मिस? बस केवल इसीलिए कि कोई आपकी भाषा बोलता है, आपको उससे शादी का निर्णय नहीं लेना चाहिए। वह आपके योग्य तो बिलकुल नहीं है।"

वह चुपचाप आकाश की ओर देखती रही। इसका अचानक इस तरह से कहना भी कितना सही है। इतनी आत्मीयता के साथ उसके निजी मसले पर बोलने वाला सिर्फ़ यही हो सकता है। उसे ऐसा लगा।

अँधेरा घिरने लगा था। वह उठ खड़ी हुई।

"आय'म सा'री मिस" सुंगा उठ गया—"मैंने तो अनधिकार ही जाने क्या-क्या कह डाला?"

"नाट एट आल। तुमने सही कहा है, सुंगा। इतने अपनेपन के साथ बात करनेवाला मेरा कोई है भी तो नहीं।"

वे दोनों चुपचाप घर लौट आये। घर पर उसे उतारने के बाद उसने उसका हाथ पकड़ लिया।

"गुड नाइट मिस। आपसे बातें कर लेने के बाद आज जी बहुत हल्का हो गया है। कल आपसे नहीं मिल पाऊँगा।"

"ओह हाँ, इतवार है।"

"कल मैं लिली के घर जाऊँगा। वहीं से दोनों शाम को चर्च निकल जाएँगे।"

"तुम चर्च भी जाते हो?"

वह हँसा।

"लिली को बहुत विश्वास है, मिस।"

लोग इसे शरारती कहते थे। कितने ग़लत थे वे। वह सोचने लगी। "गुड नाइट सुंगा। हैव ए नाइस टाइम।"

रात भर राजीव और सुंगा के बारे में सोचती रही। उसने तय किया कि राजीव से साफ़-साफ़ सब पूछ लेगी।

अगले दिन शाम को राजीव आया। चेहरा पहले ही उतरा था। हँसी भी गायब थी। उसे लगा आज पिये हुए है। जब इतना पी जाता है तो जीप क्यों चलाता है।

उसने सँभलते हुए पूछा, "जीप ठीक हो गयी राजीव?"

"हाँ, नहीं तो कैसे लाता?"

"ऐसे में तुम्हें जीप नहीं चलानी चाहिए।"

"हाँ, यह भी कहोगी कि तुम्हें इस शहर में ही नहीं आना चाहिए। तभी तो तुम आराम से उस मिज़ो के साथ आवारागर्दी कर सकती थीं। है न?"

वह तिलमिला गयी। वह नशे में नहीं बक रहा है यह सब। इसका तो अपना ही मन गन्दा है और यही गन्दगी उसकी आँखों और बातों में गुस्से के रूप में उभर आयी है।

"राजीव, इतना आरोप मत लगाओ। यह मत सोचो कि तुम्हारी तरह ही सब का मन गन्दा होगा।"

"क्या कहा?"

"हाँ, तुम्हीं तो लड़कियों के पीछे भागते हो। कभी रम का, कभी पिक्चर का लालच देकर ले जाते हो।"

उसने एक भरपूर तमाचा लगाया।

एक मिनट को वह हकबका गयी। फिर सँभल गयी। कैसे मुँह से निकल गयीं ये सारी गन्दी बातें। फिर लगा ठीक तो है, यह तो ऐसी खुली बातों को ही समझ सकेगा।

"तुम्हें यह सब किसने बताया? तुम्हारे मिज़ो दोस्त ने ना? तो तुम्हें भी फँसाने पर उतर आया?"

उसने अपने गुस्से को दबा लिया। उसकी उन बातों को सुनकर उस पर तरस भी आया।

"राजीव, फालतू की बकवास मत करो। वह मेरा छात्र है। बस, इससे अधिक मेरा उससे कोई रिश्ता नहीं है।"

"मैं मानता हूँ।"

"तुम मानो-न-मानो। यह तो तुम्हारा ही मन है जो दस औरतों में लगा रहता है।"

वह फिर गुस्से में उसके पास आने लगा तो वह हट गयी।

"राजीव, मेरी बातों पर ध्यान दो। आज तक तुम कैसे भी रहे, मुझे उससे कोई लेना-देना नहीं। अपने शहर में तुम चाहे कितनी आवारागर्दी कर लो। पर यहाँ इस मिज़ोरम में अपना नाम बदनाम मत करो। इसमें दूसरों का नाम भी बदनाम होता है। ख़ास तौर पर उन बच्चों से छेड़खानी मत किया करो। अच्छा नहीं होगा।"

वह ठहाका लगाकर हँसा।

"हाँ, बहुत सीख दे रही हो। तुम होती कौन हो? मैं चाहे जैसे रहूँ।"

"तो ठीक है। अगर तुम्हें अपनी इच्छा पर जीना है तो फिर यहाँ मत आया करो।"

"ओह, तो तुम्हें गुस्सा भी आता है, क्यों?" वह आगे कुछ गन्दी गालियाँ बकने लगा तो वह चीख़ पड़ी।

"आई से, गेट आउट। मेरा तुमसे कोई सम्बन्ध नहीं रहा अब।"

"ज़रा भी एहसान नहीं मानती हो? इतना घमण्ड है तुम्हें?"

"आई से, गेट आउट।"

वह चीख़ता हुआ बाहर चला गया—"तुम्हारे बग़ैर क्या मर जाऊँगा? मुझे तो हज़ारों लड़कियाँ मिल जाएँगी। देख लेना उस लिली को ही फँसा लूँगा।"

भरपूर गुस्से में उसने जीप स्टार्ट की। उसके भीतर जैसे कुछ जमने लगा। ओह, क्या कर लिया है उसने। यूँ भी वह नशे में है, उस पर इस तरह उसे भड़का कर उसने अच्छा नहीं किया।

कहाँ से इतना गुस्सा आ गया? इस तरह की बातें कैसे कर पायी वह? उसे इतना गुस्सा दिलानेवाली बातें?

सोनार उसे चुपचाप देखता हुआ खड़ा था। वह नहीं जानती, वह राजीव के

बारे में कितना जानता है। इसे मालूम ज़रूर होगा। पर यह सोचकर चुप रह गया होगा कि मेरी बातों में दखल देने का उसे कोई अधिकार नहीं। सच में ये बहुत ही सभ्य लोग हैं।

सूनी आँखों में वह पहाड़ी रास्तों को देखती हुई खड़ी रही—"सोनार!" फिर आवाज़ दी। सोनार उसके सामने आ खड़ा हुआ।

"मेम साब। मैं थोड़ी देर बाहर जाकर आता।"

उसने पूछा भी नहीं। बस हाँ कहकर खिड़की के पार देखती रही।

अँधेरा फैलने लगा था। सोनार को बाहर गये दो घण्टे हो गये थे। उसे घबराहट होने लगी। इधर-उधर फैले छुटपुटे घर। कई घरों में तो बिजली तक नहीं। यातायात का कोई साधन भी नहीं।

उसकी घबराहट बढ़ती जा रही थी। आज क्या हो गया है उसे।

दरवाज़ा भिड़ाकर वह किताब पढ़ने का उपक्रम करने लगी। पर मन ही नहीं लगा।

बाहर जीप की आवाज़ आयी। कहीं राजीव तो नहीं लौट आया। उसने खिड़की से झाँककर देखा। पुलिस की जीप! वह चौंक गयी।

जूतों की आवाज़। बाहर का दरवाज़ा ज़ोर से भड़भड़ा उठा। देर करने से अब कुछ नहीं होगा।

उसने उठकर दरवाज़ा खोल दिया।

चार-पाँच पुलिसवाले भीतर आये।

"राजीव है यहाँ?"

"नहीं तो।"

"छिपाइए मत! आपके हित में नहीं होगा।"

"मैं क्यों छिपाऊँ? आप चाहें तो घर की तलाशी ले सकते हैं।"

उसके कहने से पहले ही घर की तलाशी शुरू हो गयी। एक पुलिसवाला उसके पास ही बना रहा।

उसने सहमी हुई दृष्टि से उसे देखा।

"क्या हुआ? इज़ समथिंग रांग?"

उसने कड़कते हुए स्वर में कहा, "वेरी सीरियसली रांग।"

"क्या?"

"आपको कुछ भी नहीं मालूम?"

"नहीं, सचमुच मुझे कुछ नहीं पता।"

"राजीव यहाँ नहीं आया था?"

"शाम को ज़रूर आये थे।"

उसने होंठ काट लिये। शायद नहीं कहना चाहिए था। क्या किया होगा उसने?

"यहाँ से कहाँ गये थे?"

"पता नहीं।"

"पिये हुए थे क्या?"

वह सहम गयी। झूठ बोलेगी तो और आफत। फिर झूठ बोलने की आदत भी नहीं रही।

"हाँ।"

"कुछ, बोलकर गये थे?"

"नहीं, पर बताइए तो क्या हुआ?"

"दो मिज़ो पर जीप चला दी। दोनों घटनास्थल पर ही मर गये। राजीव का पता नहीं।"

"ओह नो!"

उसकी आँखें स्थिर हो गयीं। भीतर से पुलिसवाले निकल आये। "यहाँ तो नहीं है।"

"तो हम चल रहे हैं, मैडम। एक पुलिसवाला यहीं रहेगा। राजीव के बारे में कोई भी ख़बर आप छिपाएँगी तो आप पर भी कार्यवाही की जाएगी। इस घटना के प्रति मिज़ो लोगों में कैसी प्रतिक्रिया उठेगी, कह नहीं सकता।"

वह बुत बनी खड़ी रही।

एक पुलिसवाला बरामदे में जाकर बैठ गया।

कहाँ, किस पर चढ़ा दी उसने जीप?

ओह! उसे जाने नहीं देना चाहिए था। उसे ऊपर से भड़का भी दिया था। कहाँ भागा होगा? इस मिज़ोरम में कहाँ छिपेगा?

भारत की सीमा तक जाने का रास्ता बहुत सँकरा है। वहाँ से बच ही नहीं सकता।

क्या हो गया है उसे?

"मेम साब..."

वह चौंक गयी।

सोनार खड़ा था। आँखों में ढेर सारी दहशत, ढेर सारा दुःख लिये। आँखें जैसे पथरा गयी थीं।

"मेम साब..."

वह आगे कुछ कह नहीं पाया। ज़मीन पर बैठ गया और फूट-फूटकर रो दिया।

"क्या हो गया?"

उसकी धड़कनें बढ़ गयीं।

"क्या हुआ सोनार, बोलो तो।"

वह उत्तर दे उसके पहले ही उसे उत्तर मिल गया था। उसकी आँखें जड़ हो गयीं।

"लिली और वह लड़का।"

"कौन? सुंगा?"

"हाँ।"

उसे विश्वास नहीं हुआ। उसके कन्धे झकझोरकर बोली, "कैसे? कैसे हुआ यह सब?"

"अपने साब के जीप से..."

वह पथरा गयी। तो यही थे वे दोनों। यही थे जो जीप से कुचलकर मरे हैं। इन्हीं को मारा है उसने? और वह भी जानबूझकर। इतनी क्रूरता हो सकती है उसमें?

ओह!

लोग क्या ऐसे भी होते हैं?

क्या यह सच होगा।

उसकी आँखें बरसने लगीं—"क्यों सोनार, कैसे हुआ यह सब?"

वह सिर पर हाथ रखे बैठा था।

"भगवान ही जानता है मेम साब। आज शाम गुस्से में निकले, तभी मैं डर गया। मैं पीछे पहुँचा उसके पहले ही सब ख़त्म हो गया।"

"कैसे?"

"लिली और सुंगा चर्च से लौट रहे थे। साब ने उसके पास गाड़ी रोका और लिली को चढ़ने को बोला। चायवाला दूकान से सब देख रहा था। लिली ने मना कर दिया। सुंगा भी उसके हाथ कसकर पकड़े था। सड़क पर बस वही दोनों थे। साब ने गाड़ी चला दी सीधे, तेज़ी से पीछे लाकर उन पर चढ़ा दिया।"

"बस, बस करो सोनार।"

उसने चेहरे को हथेलियों से ढँक लिया। उँगलियाँ काँपने लगीं।

मिज़ोरम के पहाड़ी रास्ते बहुत ही सँकरे हैं। एक समय पर एक ही गाड़ी जा सकती है। जब कोई गाड़ी गुज़रती, पैदल जानेवालों को पहाड़ी से सटकर खड़े होना पड़ता।

कितना तड़पे होंगे वे बच्चे। जब यह तेज़ी से गाड़ी लाया होगा तो भागने की दिशा भी नहीं मिली होगी।

कितनी इच्छाएँ, कितने सपने, कितना प्यार ढोते हुए आ रहे होंगे दोनों। सुंगा बोला था—'लगता है, जैसे मेरे मन में कोई ऑर्किड खिल गया है...।'

क्या सिर्फ़ यही होना था।

'सुंगा, सुंगा' वह रो पड़ी। फूट-फूटकर रोती रही।

"मैं ही इसकी जड़ थी। दो प्यारे-प्यारे जीव ख़त्म हो गये। मेरी ही वजह से तो..."

किसी ने उसे छू लिया। सिर उठाकर देखा–सोनार।

"चुप करिए मेम साब। दुःख में आप जाने क्या कहता। बाहर पुलिसवाला खड़ा है।"

वह चुप हो गयी।

अगले दिन सुबह सोनार ने चाय लाकर दी। पीने तक चुप रहा फिर धीमे से बोला, "उन्हें पकड़ लिया गया मेम साब।"

"कहाँ?"

"कोलासिव के पास।"

मन सहसा शान्त हो गया। उसे आश्चर्य हुआ कि मन को इतना सन्तोष कभी नहीं मिला। इतने बड़े अपराध की सज़ा उसे मिलनी ही चाहिए। मिज़ो लोगों में आक्रोश फैल गया होगा। उसे बार-बार लग रहा था, कहीं ऐसा न हो कि वह बच जाए।

"क्या सज़ा देंगे, पता नहीं मेम साब।"

"कुछ भी दें सोनार, यह बहुत बड़ा अपराध है। कोई भी करे, अपराध तो अपराध है ना।"

सोनार कुछ देर चुप बैठा रहा। फिर बोला, "मेम साब, आप कुछ दिनों के वास्ते यहाँ से चले जाना।"

उसने सिर उठाया।

"क्यों?"

"आप राजीव साब की दोस्त थीं तो मिज़ो लोगों को आप पर भी गुस्सा आने को हो सकता है।"

"पर मेरा इससे क्या सम्बन्ध है सोनार?"

"मेम साब, गुस्सा होने पर तो आदमी ये सोचने को नईं सकता कि आपका दोष है कि नहीं।"

वह चौंक गयी। अनपढ़ है यह, पर कितना कुछ सोच जाता है!

क्या सचमुच उसकी जान ख़तरे में है?

सुंगा–लालगंगा का बेटा। भयंकर आतंकवादी का लड़का। तो क्या आतंकवादियों का क्रोध उस पर टूटेगा?

"अब बताओ मैं क्या करूँ सोनार?"

"आप जल्दी से सब सामान बाँध लीजिए। सिलचर की कोई गाड़ी देखता हूँ।"

उसने सामान बाँधना शुरू किया पर कुछ समझ में नहीं आ रहा था। कहाँ जाएगी वह?

कांजीवरम—बिलकुल अलग-सी लगती दुनिया। पुराना सब कुछ भूलकर यहाँ के लोगों और उनके आक्रोश को भूलकर एकदम नयी ज़िन्दगी शुरू करनी होगी? कैसे भूल पाएगी वह?

भूलना ही होगा सब। यहाँ रहने पर उसकी जान को कोई ख़तरा हो या नहीं पर उसके मन को ज़रूर तकलीफ़ होगी। ये पहाड़, पेड़, ऑर्किड, सुंगा की ओर उसकी आँखों में पड़नेवाले सपनों की याद दिलाता रहेगा। और जब भी याद आया करेगी, मन धिक्कारता रहेगा कि उसकी मौत की ज़िम्मेदार वह स्वयं है। आलूबुखारे को देखेगी तो लिली और उसकी अभूतपूर्व सुन्दरता याद आया करेगी। इस पूरे माहौल से उसे दूर जाना होगा।

उसने अपने कुछ कपड़े एक बक्से में रख लिये।

"एक गाड़ी मिल गया मेम साब, सिलचर जाएगा सीधा।"

कितना ईमानदार है यह? क्या रिश्ता है इसका मुझसे? दो अनजान व्यक्तियों में आत्मीयता का पनपना असम्भव नहीं है, यह सोचकर उसकी आँखें भर आयीं।

"मैं चलती हूँ, सोनार।" उसने कोहनी से आँसू पोंछ लिये।

"सब भूल जाने का मेम साब। अपने देश में कोई अच्छा आदमी देखकर शादी बना लेना मेम साब।"

उसने कोई उत्तर नहीं दिया। जीप में जाकर बैठ गयी। ड्राइवर मिज़ो था। उसने सोनार को देखा।

"सब जानता है मेम साब।" उसने संक्षेप में कहा।

पाँच घण्टे की थका देनेवाली यात्रा में ड्राइवर की चुप्पी उसे सुविधाजनक ही लगी। वह अपने में डूब गयी।

इधर-उधर बाँस के जंगल थे। बारह वर्ष में एक बार फूलनेवाले इन फूलों की बात याद आ गयी। बाँस के फूल।

प्राकृतिक ढंग से फूलनेवाले फूल।

कितने बड़े अकाल का कारण बन जाते हैं वे?

पर अकाल के लिए ज़िम्मेदार ये फूल हैं? उनको खानेवाले चूहे ही तो ज़िम्मेदार हैं।

'यह प्राकृतिक अकाल है, मिस। इन्सान जो अकाल पैदा करता है वह बहुत भयंकर होता है, मिस।'

उसकी आँखें भर आयीं। कितना भावुक मन था उसका। कितनी कोमल भावनाएँ।

सहसा कुछ याद आया। राजीव की तो आजकल याद ही नहीं आती। मन जैसे उससे बिलकुल ही उचट गया है।

सुंगा-लिली की मौत के बाद और फिर यह जान लेने के बाद कि उस मौत का ज़िम्मेदार वही है, उसका मन पूरी तरह से विरक्त हो गया। उसने निश्चय कर लिया था कि वह अब उसके बारे में बिलकुल नहीं सोचेगी।

जीप मैदान में आ गयी थी। थोड़ी ही देर में सिलचर का एयरपोर्ट आ जाएगा। वहाँ से कलकत्ता...कलकत्ता से मद्रास फिर..कितनी दूर निकल जाएगी वह।

एयरपोर्ट पहुँचते ही जीप-चालक उससे अँग्रेज़ी में बोला, "आप यहीं रुकिए, अभी आता हूँ।"

दस मिनट में वह लौटा तो उसके हाथ में मद्रास तक का टिकट था।

वह चौंकी।

"आपने क्यों ख़रीद लिया?"

"आप इस बारे में कुछ भी मत पूछिए। यह हमारा अपना ख़र्च है। लालगंगा ने अपनी शुभकामनाएँ आपको पहुँचायी हैं।"

वह चौंकी!

"कौन?"

"लालगंगा। सुंगा के पिता।"

वह भौचक्की खड़ी रही।

"यह गाड़ी भी लालगंगा की है।"

उसकी समझ में कुछ नहीं आया।

"ओह!"

"सुंगा का अगर किसी से लगाव था तो वह केवल आप ही थीं। वे जानते हैं कि वह जो नहीं कर पाये वह आपने कर दिखाया। पर उनके अनुयायी उनकी इस भावना को समझ नहीं सकते।"

आगे वह कहता जा रहा था पर उसके कान जैसे कुछ सुन ही नहीं पा रहे थे।

दुनिया के किसी भी कोने में आदमी के मन से अधिक विचित्र कुछ भी नहीं है। उसकी आँखें भर आयीं।

भीतर से कलकत्ता जानेवाले यात्रियों के लिए घोषणा प्रसारित की गयी। उसने अनजाने ही उसके हाथ आत्मीयता के साथ पकड़ लिये।

"कोलोमे।"

□□□